POÉSIES

NOUVELLES

D'UN VIEUX CURÉ DE CAMPAGNE

DÉDIÉES AU PUBLIC

DIJON

IMPRIMERIE EUGÈNE JOBARD

Place Darcy, 9.

POÉSIES

NOUVELLES

D'UN VIEUX CURÉ DE CAMPAGNE

DÉDIÉES AU PUBLIC

DIJON

IMPRIMERIE EUGÈNE JOBARD

Place Darcy, 9.

ÉVÊCHÉ DE DIJON

———

Dijon, 20 décembre 1884.

IMPRIMATUR.

G. DARD, *Vicaire Général.*

AU PUBLIC

~~~~~~~

La vérité reçoit de la poésie un relief que ne lui donne pas la prose, et telle idée serait vulgaire en prose, qui, sous le vêtement de la poésie, devient très attrayante. Un exemple : ôtez la rime aux fables de Lafontaine et de leurs vers que Lamartine trouvait déjà détestables, à raison de leur irrégularité, que restera-t-il ? Des idées, très vraies sans doute, mais à coup sûr très ordinaires. On peut en dire autant des chefs-d'œuvre de l'immortel Boileau, dont tout sentiment du cœur est exclu et dont on peut affirmer qu'ils ne sont que la raison rimée. Voilà pourquoi la poésie fut cultivée dans tous les siècles et par tous les peuples. Aussi bien l'Eglise l'a-t-elle toujours tenue en honneur, elle dont la mission est de faire, non-seulement connaître, mais encore aimer la vérité. Léon XIII, nous dit-on, se fait poète à ses heures de récréations; avant lui, le Pape Damase, ainsi que l'atteste sa légende, s'était donné le même plaisir. A leur origine, qu'étaient aussi les psaumes de David? Une poésie sublime dont il ne nous reste plus guère que les idées. Ajouterons-nous qu'il n'existe aucun jour, aucune fête de l'année où l'Eglise ne chante ou ne lise ses hymnes, lesquelles sont toutes de petits chefs-d'œuvre de poésie, de vrais cantiques populaires?

De là ces petites compositions que j'offre humblement au public et qu'un attrait invincible, on me croira, m'a contraint d'écrire. Si l'erreur et le vice ont leurs poètes, comment la vérité et la vertu n'auraient-elles pas les leurs? L'accueil fait à mes cantiques à l'honneur de Notre-Dame du Chemin m'en fait espérer un semblable pour ce petit travail.

Serriguy, en la fête de saint Damase, 1884.

PHILIPPE-SYMPHORIEN GARNIER.

DIEU

SA NÉGATION, SON AFFIRMATION.

———

Dieu, je le trouve chez tous les peuples anciens et nouveaux, dans leurs temples en ruines ou debout, dans leurs livres sacrés, dans leurs cultes et dans leurs poésies.

Dieu, je le trouve encore dans tout ce qui a vie, dans les végétaux, dans les animaux, morts ou vivants, parce que la vie ne peut être que son œuvre.

Dieu, je le trouve dans la diversité des sexes par lesquels les végétaux et les animaux propagent chacun la vie qui leur est propre, parce que cette diversité révèle une intention positive, laquelle ne peut exister que dans une intelligence, dans l'intelligence qui les a créés, conséquemment en Dieu.

Dieu, je le trouve enfin dans les astres dont il est dit qu'ils racontent sa gloire; et comment leur nombre incalculable, comment leur marche si régulière dans les immensités de l'espace, comment la grandeur de chacun d'eux ne la chanteraient-ils pas?

Est-il un Dieu? se demande l'impie,
Et dans son cœur chaque jour il le nie.
Jamais, dit-il, jamais je ne l'ai vu,
Et s'il existe, il n'a jamais voulu
Me dire un mot, me montrer son visage.
Croire à son être, est-ce le fait d'un sage?
Quand je lui parle, il se cache, il se tait;
Se tairait-il, ce Dieu, s'il existait?
S'il me parlait une fois dans ma vie,
De le nier je n'aurais plus envie;
Je l'aimerais et je le servirais;
Bien convaincu, volontiers je mourrais
Pour publier à l'univers sa gloire,
Pour que tout homme en lui veuille enfin croire.
Il conversait avec le genre humain,
Jadis, dit-on, l'instruisant de sa fin;

1

Mais maintenant nuit et jour il sommeille
Et dans son ciel jamais rien ne l'éveille;
Et cependant que lui coûterait-il
De se montrer, d'être envers nous civil?
Dans le malheur, quand je verse des larmes
Si je lui dis de finir mes alarmes,
Il reste sourd et semble sans pitié!
De lui jamais une ombre d'amitié!
Si l'on me voit fidèle à la justice,
Si je subis des hommes l'injustice
Qui sans motif me condamne à mourir,
Il ne dit rien et semble consentir
A ce qu'il soit taxé d'indifférence,
Ne montrant point la moindre préférence
Pour la vertu que l'on dit le meilleur,
Le talisman préservant du malheur!

Il est amer et sombre, ce langage
Que l'homme tient en tous lieux, à tout âge;
Mais qu'il est faux et que rien n'est plus vain,
Je veux à tous le démontrer soudain.

Regarde, impie, au-dessus de ta tête!
N'entends-tu pas ces beaux chants que répète,
Le jour, la nuit, le chœur des astres d'or,
Exaltant Dieu dans un sublime essor?
N'est-ce pas lui le moteur de ces astres,
Suivant leurs cours à l'abri des désastres?
A ces beaux chants aucun mortel n'est sourd;
Mais si ton cœur, dont le poids est trop lourd,
Ne peut monter à la céleste voûte,
Il est encore une facile route
Que tu peux suivre, affranchi de labeur,
Pour trouver Dieu, découvrir sa grandeur.

Fixe tes yeux sur toutes ces merveilles :
Qu'on voit partout, qui n'ont point leurs pareilles
Dans les travaux par lesquels les humains
Montrent l'esprit qui dirige leurs mains ;
La fleur, l'insecte ont chacun leur parole
Prouvant au cœur que le doute désole
Un Créateur dont ils sont les effets,
Disant à tous : C'est Dieu qui nous a faits !
Mais, avant eux, regarde-toi toi-même
Et tu verras le nom du Dieu qui t'aime
Inscrit vivant et qu'on ne peut nier
Dans ta grandeur et dans ton être entier.
S'il se dérobe à tes yeux trop débiles,
Ne t'en plains pas ! Des vertus trop faciles
A ses regards n'auraient point de valeur
Et resteraient sans titre au vrai bonheur.
Tu ne pourrais en effet te soustraire,
En aucun temps, au désir de lui plaire,
De l'adorer, d'obéir à ses lois,
S'il te parlait par les sons de sa voix.
La terre, oh ! non, ne serait plus la terre,
Il serait vain le ciel en qui j'espère,
Si je voyais toujours à mes côtés,
Dieu tel qu'il est dans ses éternités.

En vain les maux te semblent inutiles ;
Ils sont des biens, des remèdes utiles
De Dieu pour toi, te ramenant à lui
Lorsque ton cœur loin de son cœur a fui.

Que si les maux sont départis au juste,
Fort de sa foi courageuse et robuste,
Il les accepte et, certes, de bon cœur,
Comme un sujet de mérite et d'honneur.

Il sait que Dieu, plein de miséricorde
Autant que juste, au ciel toujours accorde
Une couronne, un prix d'autant plus beaux
Que la douleur a mieux empreint ses sceaux
Sur notre front. Imite sa sagesse,
Et vois venir la douleur sans tristesse.

Acceptons donc un Dieu silencieux
Dont la nature échappe à tous les yeux,
Qui par son œuvre à tout cœur se révèle
En attendant la lumière éternelle,
Où l'homme saint pourra toujours le voir
En sa splendeur et le mieux concevoir.

DIEU CHANTÉ PAR SES ŒUVRES

ou

LE CANTIQUE DES TROIS JEUNES HÉBREUX DANS LA FOURNAISE.

Les jeunes gens de notre époque, aussi bien que ceux de tous les
temps, devraient prendre pour modèles ces trois jeunes Hébreux, jeunes
comme eux, mais pour qui la jeunesse n'était pas un obstacle à la foi,
ni à la pratique de leurs devoirs religieux.

Benedicite, omnia opera Domini, Domino.

A l'homme insensé qui le nie,
Œuvres de Dieu, dites son nom;
Vos chants divers, votre harmonie,
Subjuguant bientôt sa raison,
Au tribut de votre louange
Il unira son humble voix,
Et de l'erreur quittant la fange,
Son cœur dira : Mon Dieu, je crois !

Benedicite, angeli Domini, Domino.

Anges des célestes demeures,
En louant Dieu charmez vos heures;
Premiers reflets de sa beauté,
Par vous d'abord qu'il soit chanté!

Benedicite, sol

Astre du jour, vive lumière,
En bondissant dans ta carrière,
Redis le nom du Dieu puissant
Qui te fit jaillir du néant.

Et luna, Domino.

Astre des nuits, doux à la vue,
Lune, toujours la bienvenue,
Blanc réflecteur de l'astre en feu,
Bénis sans fin le nom de Dieu.

Benedicite, stellæ cœli, Domino.

Et vous, scintillantes étoiles
Que nous aimons à voir sans voiles,
Que l'enfant pur prend pour les yeux
Des saints qui vivent dans les cieux,
Louez, chantez dans le silence
Celui qui dans la voûte immense
Un jour de sa main vous sema
Et de ses feux vous alluma.

Benedicite, aquæ omnes quæ super cœlos sunt, Domino.

Vous qui flottez dans les nuages,
Ondes des airs, aux doux mirages,
Chantez le Dieu qui vous produit,
Chantez la main qui vous conduit.

Benedicite, omnes virtutes Domini, Domino (1).

Et toi, bienfaisante atmosphère,
Où luit l'ardente photosphère,
Dis-moi, ne chanteras-tu pas
Le Dieu qui te plaça plus bas
Que l'astre et plus haut que la terre,
Comme une eau lucide et légère ?

Benedicat terra Dominum....
Benedicite, montes et colles.

Et toi, terre, qui vas et viens,
Qui seule en les airs te soutiens
Et sans bruit sur ton axe tournes,
Sans que jamais tu te détournes
Du chemin que Dieu t'a tracé,
Qui pourra dire ton passé ?
De Dieu, terre, chante la gloire !
En Dieu tu nous aides à croire !
Forme un concert avec tes monts,
Leurs pics aux majestueux bonds,
Avec leurs neiges éternelles,
Leurs glaciers au soleil rebelles
Avec leurs sites merveilleux
Et leurs aspects beaux et nombreux,
Avec la petite colline,
Redis la puissance divine.

Benedicite, maria, Domino.

A toi, vaste océan des mers,
Qui nourris dans tes flots amers
La multiplicité d'un peuple
Que l'homme avide en vain dépeuple ;

(1) *Virtutes*, les agents atmosphériques.

Emporte chez les nations,
Sombres repaires des démons,
Pour publier la loi nouvelle
De saints apôtres pleins de zèle,
Jamais lassés dans les revers,
Joyeux, même au milieu des fers;
Emporte encore, onde bénie,
Aux pays où fleurit la vie
Le fier et valeureux soldat,
Cherchant, s'il se peut, sans combat
A fonder quelque colonie
Pour le bonheur de sa patrie;
Heureux prêtres, soldat joyeux!
Mer, n'ouvre pas tes flots sous eux;
Mais chante en concerts magnifiques,
Avec tes peuples aquatiques,
Le Dieu dont l'invincible main
A tes fureurs sait mettre un frein.

Benedicite, omnes volucres cœli, Domino.

A votre tour, enfants de l'onde,
Plus anciens que l'homme en ce monde,
Chantez, chantez, oiseaux charmants,
Célébrez par vos doux accents
L'auteur de vos puissantes ailes
Et de vos voix souvent si belles;
A vous parer il s'est complu;
Jamais sur terre on n'a rien vu
D'aussi gai que votre plumage;
Offrez-le-lui comme un hommage,
Et proclamez que ses pinceaux
N'ont jamais trouvé de rivaux.

Benedicite, fontes, Domino.

Et toi, fontaine, à l'onde vive,
Dont le gazon borde la rive,
Où vient puiser le voyageur
Ainsi que le viticulteur,
Pour apaiser sa soif ardente,
Coule pour l'homme, et pour Dieu chante;
Tes petits flots harmonieux
Que bien des chants me plaisent mieux.

Benedicite, rores

Bénissez Dieu, fraîches rosées,
Par le firmament déposées,
Aux jours des brûlantes chaleurs,
Sur le feuillage et sur les fleurs,
Pour leur tenir lieu de breuvage,
Leur valoir mieux qu'un arrosage;
Sous les feux du soleil levant
Vous ressemblez au diamant.

Et pruina, Domino.

Vous aussi, précieuses pluies,
De notre cœur bien accueillies,
Qui versez la fécondité
Sur la stérile aridité
D'une terre trop altérée,
De la main partout adorée,
Qui vous répand avec bonté,
Redites la paternité.

Benedicite, gelu et frigus, Domino.

Et vous, rudes hivers de glace
Qui ne laissez aucune trace
De vie à nos bois, à nos champs,
Et nous ramenez les autans,

Qui détruisez souvent l'insecte
Que mon pied jamais ne respecte
Et que j'assimile au méchant,
Pour Dieu n'aurez-vous pas un chant?

Benedicite, noctes

O vous qui ramenez les ombres,
Temps du repos, aux voiles sombres,
O nuits, image des tombeaux,
Où l'homme attend des jours nouveaux,
Chantez encor le vieux cantique
Qu'entendit la Judée antique
Dans un concert mystérieux :
Honneur à Dieu dans les hauts lieux!
Car c'est grâce à vos bons services
Que l'homme voit avec délices
Ces étoiles au front d'argent,
Mondes sans fin du firmament,
Et sait que le lieu qu'il habite,
Au lieu d'imiter un ermite
Silencieux dans son désert,
Toujours prit part au grand concert,
Exaltant la toute-puissance
Et la haute magnificence
Du Dieu qui créa l'univers
Et le peupla d'astres divers.

Et dies, Domino.

Parais, beau jour, temps de la peine,
Où l'ouvrier, sans prendre haleine,
Demande à la terre le pain
Et les quelques gouttes de vin
Qui dans ses travaux le soutiennent
Et dans sa vigueur le maintiennent,

Et dis comment un Dieu d'amour
De la nuit te fit naître, ô jour!

Benedicite, universa germinantia in terra, Domino;
Benedicite, omnes bestiæ et pecora, Domino.

A louer Dieu je vous provoque,
Pour le chanter je vous convoque,
Et toi, monde des végétaux,
Et toi, monde des animaux,
De Dieu redites la largesse;
Par vous son cœur plein de tendresse
Sans cesse m'aide et me nourrit,
Souvent même me réjouit.

Benedicite, filii hominum, Domino.

Et pour que nul être ne reste
Hors du concert qui manifeste
L'être de Dieu, fils des humains,
Vous, le chef-d'œuvre de ses mains,
Associez vos symphonies
Aux chants joyeux, aux harmonies
Qu'en tous lieux, toujours on entend
Redire un Dieu si bon, si grand!

CRÉATION DE L'HOMME

Chose étrange ! L'homme qui croit que pour lui tout finit à la tombe veut être éternel ou sans commencement. Singulière éternité qui finirait sans avoir commencé !

Les poètes païens ont chanté le chaos, la confusion primitive des éléments d'où l'univers actuel est sorti. Homère, en son *Iliade*, nous montre ses dieux même, nés de l'océan; dans Ovide surtout, bien avant l'état actuel de notre monde, on voit tous les éléments confondus dans une masse informe et liquide; nul soleil n'éclairait encore la terre; Dieu soumet à l'ordre cette confusion; il sépare du ciel la terre, et de la terre les eaux; le ciel est peuplé d'étoiles, l'air de volatiles, la mer de poissons, la terre de plantes et d'animaux; mais il manquait encore cet animal divin, capable d'une intelligence supérieure qui pût dominer sur les autres : l'homme naquit. Prométhée le forma d'une terre humide et d'une étincelle céleste, à l'image de la divinité. Moïse n'a pas mieux dit.

Que l'homme a toujours existé,
Pour plusieurs c'est la vérité;
Bien plus, contre cette croyance
Tout ce qu'enseigne la science
A peu d'empire, et cependant
Il n'est rien de plus évident,
L'homme est nouveau sur cette terre
Et l'on me croira, je l'espère,
Si l'on veut faire attention
A cette petite leçon.
Je suivrai la géologie (1)
Découverte par le génie
D'hommes nouveaux dont les labeurs,
Bien dignes des plus grands honneurs,
Ont fait jaillir de notre globe
Le vrai, lequel ne se dérobe
Qu'à tout regard inattentif.
Pour moi leur dire est décisif.

(1) Science nouvelle dont l'objet est la terre, abstraction faite des êtres vivants qui l'habitent.

Des siècles avant notre monde,
La terre était mêlée à l'onde.
Alors il n'était pas de monts
Dont l'œil aurait pu voir les bonds.
Le globe alors était liquide,
Environné d'ombre livide,
Et la science, sur ce point,
De la Bible ne dédit point
La parole profonde et sûre,
Alors qu'à chacun elle assure
Qu'à l'origine on n'eût perçu
Qu'éléments d'un monde inconçu,
De terre et d'onde impur mélange,
N'offrant que l'aspect de la fange.
Or, l'homme en l'onde ne vit pas,
L'onde ne peut porter ses pas;
Il fallait une terre aride,
Un élément dur et solide
A l'homme pour ne submerger,
Pour qu'il pût vivre sans danger;
L'homme dès lors ne put paraître
Qu'au jour où le Souverain-Etre
D'un mot, par un acte nouveau,
Sépara la terre de l'eau.
Faut-il en dire davantage,
Bien que cela pour l'esprit sage
Doive suffire largement?
Mais si quelque esprit me dément,
Continuons, docile muse;
Avec toi, tu sais, je m'amuse,
Tout en voulant plaire aux esprits
Qui de science sont épris.
De la terre et de l'eau fut lente
La division que je chante;

Au dire d'illustres savants,
Elle dura de nombreux ans ;
D'abord parurent les montagnes,
Tandis que longtemps les campagnes
Ressemblèrent à des marais
Dans lesquels l'homme à tout jamais
N'eût pu se créer des asiles
Pour y passer des jours tranquilles ;
En ces temps l'homme n'habitait
Que des montagnes le sommet,
Les plateaux de la haute Asie,
Où l'on croit qu'il reçut la vie ;
Tous les plus antiques séjours,
Où l'homme ancien passa ses jours,
Furent de quelques monts la crète :
La science encor le répète,
Et nos villages les plus vieux
Sont ceux qui sont plus près des cieux ;
Les pays sis dans les vallées
A coup sûr n'ont pas leurs années ;
Ils sont des pays tout nouveaux
Faits après le retrait des eaux :
La nouveauté de nos carrières,
Où l'homme a dû puiser des pierres
Pour se construire des maisons,
Prouve le vrai de mes raisons ;
Elles sont rares par le monde
Et l'œil facilement les sonde ;
Si ma raison ne me surprend,
Leur nombre serait bien plus grand
Si l'homme n'eût pas eu d'aurore.
Mais que pourrai-je dire encore ?
Que parmi les nombreux débris
Des animaux jadis surpris

Dans quelque secousse nouvelle
De la terre, rien ne révèle
Pour l'homme un règne plus ancien
Que celui qu'admet tout chrétien.
Mais ce que la foi nous annonce,
Faut-il que l'esprit y renonce,
Savoir, que l'homme finira
Quand ce monde trépassera ?
La science ne peut s'en taire :
Dieu réserve encore à la terre
Quelque nouveau bouleversement,
Où mourra l'homme assurément.
Sur ce, ma muse, fais silence ;
Chacun te croira, je le pense,
A moins qu'il n'ait l'esprit trop lourd
Ou qu'il s'obstine à rester sourd.

SI L'HOMME DESCEND DU SINGE

On dit à l'homme qu'il constitue à lui seul un règne à part, au-dessus de tous les règnes, le règne humain, et il a honte de sa noblesse ; il se compare aux animaux dont il veut à tout prix descendre.

Est-il vrai, se demande-t-on,
Que l'homme soit d'une guenon
L'heureux produit ? Darwin naguère,
Osant au vrai faire la guerre,
Eut l'audace de l'affirmer ;
Alors chacun de se pâmer !
Si le singe était notre père,
Et sa femelle notre mère,

A dit Flourens après Buffon,
Tous deux savants de grand renom,
Pourquoi n'ont-ils plus la puissance
De produire de leur semence
Pour le moins un homme nouveau,
Qu'importe, à blanche ou noire peau?
Le singe ne produit qu'un singe
Qu'il n'enveloppe pas de linge
Aussitôt qu'au monde il est né,
Un singe à jamais condamné
A vivre ainsi que vit la bête.
Que l'homme à l'homme le répète :
Oui, si du singe nous venions,
Plus parfaits que lui nous pourrions
En faire un homme à notre image,
Un homme qui deviendrait sage
Par nos charitables leçons
Et prendrait nos airs, nos façons;
Qui saurait se bâtir des villes
Pour les peupler de ses familles,
Où, n'étant plus l'homme des bois,
Il pourrait se donner des lois
Dans un Sénat, dans une Chambre,
Siégeant de janvier à décembre;
Qui cultiverait les beaux-arts
Ou s'en irait de toutes parts
Visiter les cités du monde,
Et comme une Europe seconde
Faire la guerre aux nations
Avec sa poudre et ses canons,
Et se créerait des colonies
De sa descendance bénies;
Et qui sans doute mieux que nous
Un jour tomberait à genoux

Pour louer la toute-puissance
Qui l'aurait tiré d'ignorance
Et l'aurait fait à l'homme égal,
Comme lui roi de l'animal.
Ah! c'est alors que Lafontaine
N'eût pas craint de donner sa peine,
A faire dire aux animaux
Ce qui pourrait guérir nos maux!
Non, l'homme-singe est une fable;
Du singe la nature est stable;
En sa limite il restera
Tant que le monde durera (1).

L'AME HUMAINE

SON IMMORTALITÉ

C'est surtout par son âme douée de raison que l'homme est supérieur au reste des animaux; cette excellence de l'âme humaine se manifeste par les œuvres qu'elle produit.

En dehors de la foi, basée sur les enseignements de l'Évangile, qui établissent de la manière la plus claire la distinction de l'âme et du corps, j'en indique, ici, deux preuves : le consentement unanime des peuples et la prière universelle pour les morts. On empaille les animaux qu'on a le plus aimés, mais on ne prie pas pour eux.

Il suffit du reste à tout homme de se replier un instant sur lui-même pour constater cette réelle distinction. Je le suppose, il veut entreprendre un voyage nécessaire; le froid, la pluie, une chaleur excessive, que sais-je, invitent le corps à goûter les douceurs du repos; qu'est-ce donc qui l'oblige à se mettre en route? Assurément l'âme. Le trajet est long, le corps est las : ne sentez-vous pas en vous quelque chose qui désire arriver au plus tôt? C'est l'âme. Je suis malade; je sens en moi quelque chose qui se révolte contre le mal et qui en désire la fin : c'est l'âme. Je vais mourir; je sens en moi quelque chose qui résiste : c'est l'âme; ou bien je me résigne : c'est encore l'âme.

Les poètes de l'antiquité supposent et proclament partout l'immortalité

(1) Il existe une preuve péremptoire de la différence absolue qui existe entre le singe et l'homme et que l'honnêteté du langage ne nous permet point d'exhiber ici. Cette preuve ressort des modes opposés que le singe et l'homme ont constamment pratiqués dans leurs générations.

de l'âme. Aussi bien, placent-ils, à l'entrée de l'autre monde, un tribunal et un juge devant lequel paraissent tous les morts. Les justes sont envoyés dans l'Elysée, lieu de repos et de bonheur; les grands coupables, précipités dans l'enfer pour y subir éternellement des supplices proportionnés à leurs crimes; ceux qui n'ont pas été méchants jusqu'à l'excès, endurent diverses sortes de châtiments, jusqu'à ce qu'ils soient entièrement purifiés de leurs fautes et réunis dans l'Elysée avec les justes.

Ne dirait-on pas entendre nos évangiles?

Pour un instant croyons-nous infidèles,
N'écoutons point les Révélations ;
Ne nous faisons que les échos fidèles
De ce qu'on croit parmi les nations.
Partout croit-on que nous avons une âme
En vérité différente du corps?
Croit-on qu'elle est une immortelle flamme
Montant soudain vers le ciel sans efforts
Lorsqu'elle quitte un jour sa chair brisée
Par le labeur, par les ans et les maux?
Je ne vois pas de nation sensée
Qui ne le croie à l'heure où les tombeaux
Sont visités par un peuple en prière.
A-t-on prié quelquefois pour les os
D'un tendre ami, d'un père ou d'une mère?
On les bénit, ces os, en leur repos,
Et ce n'est pas pour eux que l'on réclame
L'aide du ciel; un terme à la douleur,
Mais pour l'esprit seul, qu'ainsi l'on proclame
Toujours vivant, aspirant au bonheur.

De plus, pourquoi cette étonnante crainte
Dont on ne peut bien souvent s'affranchir
Dès que d'une âme on soupçonne la plainte?
Rien n'est plus vrai : dès qu'ils veulent franchir
Le champ où dort de nos corps la poussière,
Les plus hardis ne sont plus courageux,

2

Ne sont plus gais, n'ont plus cette âme fière
Qui sait braver un écueil périlleux ;
Ils auraient peur, au sein de la nuit sombre,
D'apercevoir se levant du cercueil,
Où toute en pleurs, marchant ainsi qu'une ombre,
L'âme d'un mort sous un voile de deuil.
Mais c'est assez de cette simple épreuve
Pour condamner notre incrédulité ;
Nous n'avons pas besoin d'une autre preuve
Que l'âme vit de l'immortalité.

LE PÉCHÉ D'ADAN

SA TRANSMISSION : POINT DE DÉPART DE LA RELIGION.

J'en donne deux preuves : le consentement universel et constant des peuples et les sacrifices purificateurs partout en usage avant le grand sacrifice dont ils étaient des figures plus ou moins parfaites. A part ces immolations de victimes, il y avait aussi les ablutions, les purifications de la mère et de son enfant. Pour l'enfant le baptême les supprime, et pour la mère qui a conçu dans le péché, selon l'énergique expression de David, il reste encore la cérémonie de la purification ou des relevailles, dont les femmes vraiment chrétiennes ne s'affranchissent jamais

Les poètes païens eux-mêmes ont chanté la chute première et sa transmission. S'il y a quelque chose au monde qui réveille en nous l'idée de l'innocence, assurément c'est l'enfant qui n'a pu encore ni commettre le mal, ni même le connaître ; et supposer qu'il soit soumis à des châtiments est une pensée qui révolte toute l'âme. Cependant le tendre Virgile, tout païen qu'il est, place les enfants *moissonnés à la mamelle, avant d'avoir goûté à la vie, à l'entrée des royaumes tristes*, où il les représente dans un état de peine, pleurant et poussant *un long gémissement*. Pourquoi ces pleurs, ces voix douloureuses, ce cri déchirant ? Quelle faute expient ces jeunes enfants à qui leurs mères n'ont point souri ? Qui a pu suggérer au poète cette étonnante fiction ? Quel en est le fondement ? D'où vient-elle, sinon de la croyance antique que l'homme naît dans le péché ?

Amis, est-il réel que l'homme soit déchu
D'une antique splendeur, d'un paradis perdu ?
Sur la terre partout les nations l'affirment,
Ses vices, ses défauts tour à tour le confirment.

De plus, est-il bien vrai que nous soyons dotés,
Sous un Dieu juste et bon pour des éternités,
Dès le sein maternel, d'une faute première
Sans notre gré commise et dont le premier père
Ayant assumé seul sa culpabilité
Devait lui seul souffrir, en parfaite équité ?
Partout sur terre encor les nations l'attestent
Et rares sont les voix qui parfois le contestent.
Ce qui le prouve encor, ce sont tous les fléaux,
Se succédant sans trêve et tous les cuisants maux
Que le ciel offensé sans cesse nous inflige
Et plus encor la mort dont toute âme s'afflige.
Partout aussi, partout les peuples ont offert
Pour expier leur chute, en un parfait concert,
Au juste Créateur de nombreux sacrifices
Qu'on crut préservateurs des éternels supplices.
Pensez-vous qu'ils étaient subjugués par l'erreur,
Insciemment trompés par un songe du cœur,
Lorsqu'au ciel ils offraient le sang de la victime
Qui devait les laver de la tache d'un crime ?
Non, si le faux parfois surprend l'humanité,
Jamais il ne la trompe en sa totalité.
Prenons-y garde, amis, la chute originelle
De la religion est la base réelle ;
Aussi voilà pourquoi nos jurés ennemis
La contestent toujours dans leurs cœurs insoumis.
Ce dogme, acceptons-le ; sans lui rien ne s'explique ;
On ne comprend sans lui ni la foi catholique,
Qui n'a plus son motif, ni les rudes travaux,
Ni les douleurs sans fin qui creusent nos tombeaux.

UNE SUITE DU PÉCHÉ D'ADAM

L'INCONSTANCE
ÉLOIGNANT DE LA RELIGION L'HOMME QUI L'A D'ABORD AIMÉE; SON REMÈDE.

———

Écoutons Hésiode, un poète païen, raconter comment la chute de l'homme se fit sentir dans sa descendance par une dégénération progressive. Jusque-là, dit-il, c'était l'âge d'or; les hommes avaient vécu dans l'innocence et la piété: la terre leur offrait d'elle-même tout ce qu'ils pouvaient désirer; la mort n'était pour eux qu'un doux sommeil, après lequel ils devenaient, par la volonté du Dieu suprême, les dieux tutélaires du genre humain. Vient ensuite l'âge d'argent; la piété et l'innocence diminuent; ceux qui meurent deviennent, par la volonté de Zeus, dieux souterrains. Dans l'âge d'airain, les uns descendent aux enfers sans gloire; les autres, plus justes, héros et demi-dieux, habitent les îles fortunées. Dans l'âge de fer, chacun se fait justice à soi-même; il n'y a plus d'autre droit que celui de la force; la pudeur et l'équité s'enfuient au ciel; il n'y a plus de remède au mal, dont Ovide ajoute que le déluge fut sa punition.

Telle fut la conséquence de l'inconstance d'Adam et d'Ève, et cette inconstance qu'ils nous ont léguée continue sa marche avec les siècles.

Sur la terre où tout passe,
Tour à tour on se lasse
Et de la piété
Et de l'impiété;
Tour à tour on adore,
Tour à tour on abhorre
Un jour ce qu'on blâma,
Un jour ce qu'on aima.
De cette inconséquence
Le vrai nom, c'est démence.
Oui, l'on adore un Dieu,
Puis on le jette au feu
Et demain sur ses cendres
On verse des pleurs tendres;

On lui fait un serment
Que bientôt on dément,
D'où vient cetre inconstance ?
Ah ! de la déchéance
De l'homme un jour séduit
Par l'offrande d'un fruit
Qui jeta le désordre
Où d'abord régnait l'ordre,
En son cœur où jamais
Il n'avait vu que paix :
Heure noire et fatale .
Où la nuit infernale
Vint assombrir le cœur,
Lui ravir le bonheur ;
Qui brisa l'alliance
Qu'un Dieu plein de clémence,
En un parfait espoir
Eût toujours voulu voir
Conserver d'âge en âge
Par l'homme son image.
Qu'il soit de tous béni
Cet amour infini
Puisque de lui procède
Le plus parfait remède
Contre tous ces détours.
Je le dirai toujours :
Ce remède est sa grâce
Qui dans les maux délasse
Et fixe notre esprit ;
Elle est en Jésus-Christ !

JÉSUS-CHRIST RÉPARATEUR DE LA CHUTE

RECRUDESCENCE DES COMBATS QUE LUI LIVRE LA RAISON.

———

L'attente et la venue du Rédempteur font le sujet d'immenses poëmes dans l'Inde. En Occident, Virgile, poète païen, appliquant d'anciens oracles à la naissance de je ne sais quel enfant, chante les mêmes espérances. Le dernier âge, prédit par la sibylle de Cume, dit-il, est arrivé; le grand ordre des siècles recommence, une race nouvelle descend des cieux; un enfant va naître, qui fera cesser le siècle de fer et revenir l'âge d'or; tous les vestiges de notre crime étant effacés, la terre sera pour jamais délivrée de la crainte. L'enfant divin qui doit régner sur le monde pacifié, recevra pour présents de simples fruits de la terre et le serpent expirera à son berceau. A l'approche de cet enfant chéri des dieux, de ce noble rejeton du Dieu suprême, tout l'univers s'ébranle, toutes les régions de la terre, toutes les mers et la voûte profonde des cieux, toute la nature se réjouit dans l'attente du siècle à venir. — D'un autre côté Eschyle, un païen lui aussi, dans une de ses tragédies, nous montre un Dieu souffrant, et souffrant de la part du Dieu suprême : un Dieu lié, enchaîné et mis comme en croix sur le haut d'une montagne, et cela parce qu'il a trop aimé les hommes, parce qu'il a eu pitié de leurs maux et qu'il y a porté remède. La poésie indienne, pour chanter les incarnations de Vischnou, réunit à la fois les idées gracieuses de Virgile et les idées de travaux, de pénitence, d'expiation d'Eschyle.

Les païens ont donc chanté la Rédemption, tandis qu'une foule de chrétiens la combattent et l'entravent.

J'entends en tous lieux sur la terre

Contre le ciel un cri de guerre :

« L'étoile du Christ a pâli !

» Qu'il soit, ce Christ, enseveli ! »

Et je les vois ardents à l'œuvre !

Il n'en est point qui ne manœuvre,

Avec entrain, avec fureur,

Je dirai plus, avec bonheur

Contre le Christ et son ouvrage;

Oui, je les vois tous pleins de rage

Jeter au Christ mille défis,

Fouler aux pieds ses crucifix !

Que veulent-ils tous ces parjures
Avec leur haine et leurs injures,
Qui bannissent de tout esprit
Tout ce qui nous parle du Christ,
Mais avant tout l'amour du prêtre
Qu'ils se hâtent de méconnaître,
Et voudraient voir manquer de pain,
Ne plus trouver que le dédain?

Comme le Juif, sur le Calvaire,
Déposant enfin sa colère,
Proclamait la divinité
Du Christ à tort exécuté,
Naguère la philosophie
Sans peine avouait que sa vie,
Sa mort en lui montraient un Dieu,
Un Dieu vraiment, au cœur de feu.
Mais de nos jours il est infâme :
Le philosophe le proclame!
Le Christ a-t-il depuis changé
Pour mériter d'être outragé?
Non, non, le Christ reste le même,
De l'Eternel le Fils suprême,
Méritant encor notre amour,
La nuit, à chaque instant du jour;
Ce qui change et change sans cesse,
Ce n'est pas lui dont la sagesse,
Pas plus que son être divin,
Ne connaîtra jamais de fin,
Mais bien, hélas! l'intelligence
De l'homme ainsi que sa science
Qui se couvrent d'un voile obscur
Lorsque son esprit n'est plus pur :

Ainsi l'astre qui nous éclaire
Conserve toujours sa lumière
A l'heure où le nuage noir
Ne nous permet pas de le voir,
Le nuage, voilà l'obstacle
Qui dérobe aux yeux le miracle
De Jésus, de sa vérité
De son éternelle beauté.
Que les nuages disparaissent !
Nous verrons que jamais ne cessent
De luire dans tout leur éclat
Le Christ et son apostolat.
Dès lors, chassons bien loin le vice ;
Que contre lui chacun sévisse !

O Christ, quand seul je resterais
A vous aimer, je gémirais...
Mais je vous resterais fidèle,
Dût-on me punir de mon zèle !
Vers vos autels, je me plairais
Mieux que les rois dans leurs palais,
Heureux si j'acquérais la gloire
Et perpétuais ma mémoire
En obtenant d'être surpris
Et mutilé sous leurs débris !

L'AMOUR ET LA HAINE

DONT LE CHRIST EST L'OBJET SERVENT L'UN ET L'AUTRE A SON EXALTATION.

Je commente ici ces paroles de l'apôtre bien-aimé du Christ : « Au commencement le Verbe existait et le Verbe était en Dieu et le Verbe était Dieu ; toutes choses ont été faites par lui.,... Il était la lumière qui éclaire tout homme venant à la vie.... . Il vint..... et les siens ne l'ont point reçu..... A ceux qui l'ont reçu et croient en lui, il a donné le pouvoir de se transformer en fils de Dieu. Et le Verbe s'est fait chair et il a habité parmi nous,.... » D'après ces paroles, les uns ont accueilli le Christ, les autres l'ont dédaigné : ce qui veut dire sans aucun doute qu'il fut aimé des premiers et haï des seconds. Cet amour et cette haine dont le Christ fut tout d'abord l'objet se perpétuent à travers les siècles.

> Deux sentiments bien opposés
> Que les siècles n'ont pas usés,
> Celui de la haine rebelle
> Et celui de l'amour fidèle
> Ont constamment aidé le Christ
> A régner par son doux esprit
> Dans la solitude profonde
> Et dans le tumulte du monde,
> L'amour fidèle en l'exaltant,
> La haine en le persécutant.
> De l'un et de l'autre l'histoire
> Dans ses annales fait mémoire ;
> Interrogeons ce guide sûr
> Qui sur ce point n'a rien d'obscur.
>
> Un jour, un homme, jeune encore,
> Vivant au pays de l'aurore,
> Se dit le Messie attendu,
> Du ciel ici-bas descendu.
> Il vient régénérer la terre
> Pourvu qu'en lui le monde espère

Et le proclame Fils de Dieu,
Du Dieu qu'on adore en tout lieu,
Qui du néant par sa puissance
A fait jaillir le monde immense,
Dieu lui-même, à son père égal,
Comme homme, issu d'un sang royal,
Humiliant toute âme altière
Par cet insondable mystère
D'un homme en la divinité,
D'un Dieu dans notre humanité,
D'un homme-Dieu qui veut qu'on l'aime
A jamais d'un amour suprême.

— Lui, Dieu ? L'est-il, puisqu'il est né ?
N'est-il pas un halluciné ?

Non, s'il est né, c'est d'une mère
Constamment vierge et sans un père
Issu de la race d'Adam,
Sans père que le Dieu puissant
Qui sut former notre mère Hève
Du corps d'Adam pendant un rêve,
Rêve pur et mystérieux
Sur Adam descendu des cieux.

Halluciné ? — Non ; ses miracles
Seront un jour de ses oracles
Pour l'esprit le plus incroyant,
Le plus rebelle un sûr garant.

Alors que tout en paix repose,
En ce monde, ainsi qu'une rose
Il naît, près de Jérusalem,
Dans une étable, à Bethléem,

Oh ! qu'elle est pauvre, cette étable
Dont est absent tout confortable,
Où l'œil n'aperçoit qu'un enfant
Qui serait mieux dans le néant !
Mais non, soudain j'entends les anges
Au ciel publier ses louanges
Et dire en hymnes enchanteurs :
A Dieu soit gloire en les hauteurs !
Tandis qu'une étoile inconnue,
Que nul mortel n'a jamais vue
Appelle à son berceau des rois
Qui, d'un Dieu lui payant les droits,
Déposent à ses pieds la myrrhe
Et l'or et l'encens qu'il admire
Et les signes de leur grandeur,
Avec l'hommage de leur cœur.
C'est l'amour qui pour lui commence
Et vient réjouir son enfance.

Mais simultanément, hélas !
On le méprise et son trépas,
Pour calmer d'un roi la colère
Est cru tout d'abord nécessaire.
De ce mépris un document
Existe que nul ne dément.
Hérode, averti par les mages
Qu'ils venaient offrir leurs hommages
A l'enfant qui devait régner
Sur les Juifs et le monde entier,
Tremble aussitôt pour sa couronne
Et voit déjà crouler son trône :
« Qu'on égorge, dit-il, soudain
» Tous les enfants, avec entrain,

» Du berceau jusqu'à deux ans d'âge, »
Par là, ce fourbe, à ses yeux sage,
Pensait exterminer Jésus
Auquel nul ne songerait plus.
Non, non, Jésus, seul la sagesse,
A fuir au loin soudain s'empresse,
Et l'Egypte où Jésus a fui
Se souviendra longtemps de lui
Et ses heureuses solitudes
Entendront un jour les préludes
De la noble aspiration
De l'homme à la perfection.

Mais il n'est plus, l'impie Hérode ;
Jésus peut faire son exode
Des pays qu'arrose le Nil,
Et mettre fin à son exil.
Avec Joseph, avec Marie
Il revient donc en sa patrie
Où jusqu'à l'âge de trente ans
Il vit soumis à ses parents,
Ne faisant rien que d'ordinaire,
Dans un métier pauvre et vulgaire,
Apprenant à l'humble ouvrier
Que le travail de l'atelier
Ne suppose pas la bassesse
Et qu'il vaut bien une richesse.

Après ses trente ans, sans nul bruit,
Jésus au monde se produit
Et bientôt on verra sans peine
Autour de lui l'amour, la haine,
L'amour le proclamant sauveur
Et la haine perturbateur :

Tous deux travaillant à sa gloire,
En lui tous deux portant à croire.

Très attentifs, ami lecteur,
Suivons le Christ en son labeur.

Et tout d'abord Jésus assemble
Quelques pêcheurs pour vivre ensemble,
Auxquels il dictera des lois
Que devront accepter les rois ;
Et soudain l'apôtre abandonne
Le peu qu'au pauvre le ciel donne,
Assez content du grand honneur
D'aider un Dieu libérateur,
Et confiant à sa parole
Qui l'encourage et le console,
Avec amour et jamais las
Partout il veut suivre ses pas.

Mais il est temps, sans plus attendre
Jésus se plaît à faire entendre
Aux foules les plus beaux discours,
Comme il prodigue ses secours
A quiconque gémit et pleure
Sur le chemin, dans sa demeure
Et fait se lever du tombeau
Les morts pour vivre de nouveau !
Pour lui l'amour n'a plus de borne ;
De vêtements, de fleurs on orne
Les sentiers qu'il doit parcourir :
C'est le roi qui devait venir !
Partout on le presse, on le touche
Et des petits enfants la bouche

Chante très haut : Gloire ! hosanna !
A Jésus, Fils de Jéhovah !

D'une autre part, la haine sombre
Jette sur lui son voile d'ombre ;
Il a dit aux pharisiens,
Aux scribes avides de biens :
Malheur ! pour vous constamment larges,
Vous imposez de lourdes charges,
Des droits, des impôts onéreux
Au peuple pauvre et malheureux !
Son audace sera punie
Et sa gloire à jamais ternie !
Dans le plus prochain avenir
Sur la croix il devra mourir.
Mais que ses ennemis décomptent !
Très vain est leur espoir s'ils comptent
Que ce trépas immérité
Ternira sa célébrité ;
Tout au plus pourront-ils peut-être
Un temps le faire méconnaître.
Contre Jésus en vérité
Un jour le peuple est ameuté,
Demandant à grands cris son âme :
« Il se croit Dieu ! blasphème infâme,
Dit-il ; qu'on le cloue au gibet,
Puisqu'au ciel, à tous il déplaît ! »
Pilate à sa demande accède
Et se lavant les mains lui cède,
Au bruit de ses sinistres voix
Jésus pour l'attacher en croix ;
Et bientôt l'innocent expire
Aux yeux de la haine en délire

D'un peuple un moment effaré
Que des jaloux ont égaré ;
Vraiment égaré, je l'affirme ;
Ce qui dans ma foi me confirme,
C'est le rapide repentir
Qu'il montre d'avoir fait subir
Un trépas qu'il proclame injuste
A celui qu'il appelle un juste,
A l'instant où du Golgotha
Navré de douleur il s'en va,
Nous laissant cet exemple utile :
Que de la foule est bien futile
Un suffrage obtenu soudain
Qu'elle dément le lendemain,
Un suffrage à si courte phase,
N'ayant que la haine pour base.

Enfin, Jésus, le juste est mort ;
Mais du tombeau, sans nul effort,
Des soldats défiant la lance,
Joyeux conquérant il s'élance,
Et pendant dix jours plus un mois
Daigne apparaître maintes fois
A ses amis, à ses disciples,
Lesquels dans des fêtes multiples
Gaîment s'empressent tour à tour
De lui témoigner leur amour.

L'œuvre du Christ est accomplie ;
Plus rien ici-bas ne le lie ;
Le voilà ce Dieu rédempteur
Qui s'élève en triomphateur
Dans les splendeurs de la lumière
Et monte à la droite du Père ;

Et ses apôtres l'ont suivi
Pour lui mourant tous à l'envi,
Et l'univers plus ne sommeille,
Et de partout il se réveille
Et vient pieux, sans nul retard,
S'enrôler sous son étendard.

Mais les démons outrés s'irritent
Et contre les chrétiens excitent
Tous les pouvoirs exécutifs
De l'empire et des rois rétifs,
Et de tous lieux on les pourchasse
Dans un courroux que rien ne lasse,
Eux qui ne demandaient que paix
Pour méditer sur les bienfaits
Du Dieu qui délivra nos âmes
Du noir enfer et de ses flammes,
De l'esclavage et des tyrans,
Qui partout tenaient les hauts rangs
D'une société vieillie,
Depuis des siècles avilie
Et par le vice et par l'erreur
Depuis des siècles en faveur.

Ce fut à ce moment si triste (1)
Qu'un groupe dont on a la liste,
Exposé sur les flots amers
Des plus tempêtueuses mers,
Par les plus heureux abordages
Vint échouer sur les rivages
De pays de lui non connus
Qu'il subjugua par ses vertus :

(1) Première persécution.

C'est Photine, Samaritaine,
La sainte et noble Madeleine,
C'est Lazare et Marthe leur sœur
Dont on sait pour Dieu la ferveur,
Et c'est Zachée et Véronique
Riches de la Judée antique,
Tandis qu'ailleurs, aidés de vents,
Allaient d'autres chrétiens ardents.
La première d'Alexandrie (1)
Avec Jésus sera chérie ;
Les seconds des Massiliens (2)
Feront bientôt de vrais chrétiens ;
Les troisièmes de la Gironde
Extirperont l'erreur immonde.

Mais à ces temps si malheureux
Succèdent quelques jours joyeux
Où l'on voit l'âme sainte et belle
S'enflammer d'un tout nouveau zèle
Et donner au monde surpris
Des exemples du plus haut prix,
Ceux de la plus parfaite vie
Que le païen lui-même envie.

Oui, mais ce repos a lassé
L'enfer jaloux de son passé.
De nouveau je le vois en guerre
Contre son puissant adversaire,
Et, courroucé de ses succès,
Se livrer à tous les excès (3)

(1) Alexandrie d'Egypte.
(2) Anciens Marseillais.
(3) Les grandes et longues persécutions.

3

D'une fureur désordonnée,
D'une cruauté raffinée ;
A ses feux il unit ses dards,
Le sang coule de toutes parts...
Il pensait vaincre la constance
Des chrétiens qui dans la souffrance
Exaltaient Jésus radieux
Et le proclamaient roi des cieux.

Erreur ! la palme du martyre
A cette époque encore attire
De fiers et valeureux soldats,
Jaloux de voler aux combats
Pour défendre la juste cause
De la foi, la plus noble chose,
Qu'ils préfèrent à tout trésor.

Mais, que pourrai-je dire encor ?
Qu'il en sera toujours de même,
Que l'amour et que le blasphème
Constamment viendront au secours
Du Christ qui demeure toujours ;
Que si la haine, aujourd'hui vive,
Aujourd'hui bruyante et lassive,
Contre Dieu semble prévaloir,
Nous la verrons, c'est notre espoir,
Se désister, céder sa place
Au règne béni de la grâce,
Auquel succéderont les jours
Sans fin des célestes séjours
Où l'on ne verra qu'harmonie,
D'où la haine sera bannie
Pour s'exhaler au sombre enfer,
Gouffre où descend tout fiel amer.

LE PRÊTRE CONTINUANT L'ŒUVRE DU CHRIST

SON CÉLIBAT

Comme le Christ dont il continue l'œuvre, le prêtre est accepté ou méprisé, aimé ou haï, mais plus haï qu'aimé. C'est la réalisation de cette prédiction du Sauveur à ses apôtres : « Vous serez haïs de tous à cause de mon nom. » Un spécieux motif de cette haine dont le prêtre est victime est son célibat. Il est, dit-on, contre nature. Non, il la domine ; s'il était contraire à la nature, il serait nuisible à la vie ; or, à part les exceptions peu nombreuses, le prêtre vit de longues années. D'ailleurs, au dire des historiens voyageurs, le célibat n'est pas pratiqué uniquement dans le catholicisme ; on le trouve aussi dans des religions qui n'ont de commun que la croyance en Dieu, à l'existence de l'âme et à son immortalité, par exemple dans celles de l'Inde et du Thibet, ainsi que l'affirme Malte-Brun dans sa Géographie universelle. Nul n'ignore que les vieux Romains, aussi bien que les premiers habitants du Mexique, l'imposaient à leurs vestales. Dirai-je enfin combien le célibat décuple les forces de l'intelligence et favorise sa lucidité ? Les poètes chrétiens ont chanté le célibat du prêtre ; qu'on me permette de le chanter après eux. Après avoir précisé, sans détour, le reproche qu'on lui fait d'être contraire aux lois de la nature, je plaiderai en sa faveur.

Qui pourrait bien nous dire
Si Dieu daigne sourire,
Dans son éternité,
A la virginité
Dont l'homme et dont la femme,
Dans une vive flamme,
Lui font un jour le vœu ?
S'il consent quelque peu
Qu'on force la nature,
Sous peine de souillure,
A vivre sous des lois
Contraires à ses droits ?
Sur ce Dieu fait silence
Et permet l'ignorance
De tout esprit humain
Qui l'interroge en vain.

Mais alors de l'Eglise
Regrettons la méprise
Lorsqu'elle exalte au ciel
Ce qui de l'Eternel
Combat la loi première
Que jamais rien n'altère
Au cœur de tout enfant,
Même encore innocent ;
Loi vive par laquelle
L'homme se renouvelle
Pour glorifier Dieu
En tout temps, en tout lieu.

Voilà bien le langage
Que l'on croit le plus sage,
Qu'on dit la vérité,
La voix de l'équité.

Et partout où sur terre
En Dieu le monde espère,
Même lorsque du Christ
On ne suit pas l'esprit,
On croit plus honorable,
On croit plus profitable
D'approcher de l'autel,
Comme le juste Abel,
Avec une âme pure.

Est-ce vrai ? qui l'assure ?
N'est-ce pas une erreur,
Un vain songe du cœur,
Dont, hélas ! sont victimes
Des âmes magnanimes ?

Il faut les plaindre alors,
Non les jeter dehors...
Mais, non, dis-le, ma lyre,
L'homme sans qu'il délire,
Sans qu'il aille aux excés,
Du ciel veut vivre près.
Fait d'esprit, de poussière,
Il sent entre eux la guerre;
Plus l'esprit est pieux,
Plus il s'élève aux cieux,
Négligeant la matière
Qu'il traite en étrangère.
N'est-ce pas le secret
De ces vœux sans regret
Qui du lis ont l'arôme,
Que font la vierge et l'homme
De s'affranchir toujours
Des terrestres amours ?
N'aurons-nous que des blâmes
Pour ces célestes âmes ?
Mais, nous n'en avons pas
Pour le hideux trépas
Que s'inflige l'impie
Au mépris de la vie;
L'homicide honteux
D'un être vicieux,
Nous fait pitié, nous touche
Et nous n'avons en bouche
Que sarcasmes, mépris
Pour des hommes épris
Du seul amour céleste
Et méprisant le reste!
Qu'on soit juste envers eux
Autant qu'ils sont heureux !

Du Christ le noble exemple,
Ils l'ont compris au temple,
Du Christ la grande voix
Disant : « Voici mes lois !
» Celui qui veut me suivre,
» Je veux qu'il se délivre
» De la chair et du sang.
» Afin qu'il soit puissant,
» Je veux qu'il abandonne
» Tous ces biens que Dieu donne :
» Père, sœur, femme, enfant
» Et tout jusqu'au néant ;
» Je veux même qu'il laisse
» Son corps et sans faiblesse
» Au fer des ennemis ;
» On n'est mien qu'à ce prix ! »
Dans ces fortes paroles,
Effroi des âmes molles,
Qui ne voit un appel
Eloigné, mais réel
A cette vie étrange
Qui fait de l'homme un ange
Vêtu d'un corps pesant,
Sur la terre passant !

Donc il ne faut pas plaindre
Ni chercher à contraindre
A ce qui semble mieux
Ces esprits généreux
Dont chacun laisse à mille
Les plaisirs de famille.

Grande est l'utilité
De cette austérité

Pour qui boit au calice
D'où déborde le vice !
L'homme qui s'en souvient,
Qu'elle excite et soutient,
S'éloigne du désordre
Et se maintient dans l'ordre
D'où naissent le bonheur
Et le bien de l'honneur.
Qu'elle soit donc bénie,
Et non jamais bannie,
Cette vertu des forts
Qui subjugue les corps !

LE PRÊTRE RAPPELANT L'HOMME A DIEU

Dans tous les temps, l'homme de Dieu, prophète ou prêtre, a eu pour devoir de rappeler à Dieu l'homme qui le fuit. Je loue ici la piété de mon père et de ma mère comme j'aurais pu louer celle de tout autre bon chrétien ; mais j'ai voulu par là payer à mon père et à ma mère un juste tribut de reconnaissance pour les bons exemples et les bonnes leçons que j'en ai reçus dans mon jeune âge. Qu'on me permette de rappeler ce petit trait d'histoire de famille qui honore mon père : M. l'abbé Garreau, dont le souvenir est toujours cher aux vieux Nuitons, étant mort, mon père m'imposa l'obligation de réciter chaque jour, pendant un an, le *Miserere* et le *De profundis* pour le repos de son âme, et prit soin que je m'en acquittasse avec la plus parfaite exactitude. Ce bon prêtre avait béni le mariage de mon père, il m'avait baptisé ; c'en était assez pour que, dans sa reconnaissance, mon père m'imposât cette obligation. Quels sont aujourd'hui les pères et mères qui prient et font prier leurs enfants pour leurs prêtres défunts ?

Viticulteurs, de grâce, écoutez-moi ;
Je ne viens pas vous imposer ma foi.
Ainsi que vous mon père aimait sa vigne
Et de l'honneur fut toujours trouvé digne ;
Des lois du ciel fidèle observateur,
Il rendait gloire au divin Créateur ;

Chaque dimanche et les grands jours de fête
Des vrais chrétiens on le voyait en tête,
S'acheminer vers le temple de Dieu
Qu'on fréquentait de ses jours en tout lieu.
Il se disait qu'à défaut de richesse
Il pouvait bien me léguer la sagesse
Dont il savait qu'elle est un vrai trésor,
Un grand secours, bien préférable à l'or.
Ma mère aussi m'apprenait l'évangile
Et m'enseignait l'important et l'utile,
Veillant sur moi, m'éloignant du plaisir
Lorsque indûment j'en montrais le désir.
Alors, chacun démontrait sa foi forte
Et redoutait de la voir un jour morte.
Hélas ! amis, que les temps sont changés !
D'obscurité que nos jours sont chargés !
Pourquoi l'enfant n'a-t-il plus dans son père,
Pourquoi non plus n'a-t-il plus dans sa mère
Des guides sûrs sachant le diriger,
Avec amour le gardant du danger ?
Pourquoi jamais ne vient-il plus au temple,
Encouragé par leur puissant exemple ?
Pourquoi l'enfant n'entend-il plus jamais
Parler de Dieu, de ses mille bienfaits ?
Pourquoi son cœur n'a-t-il plus de prière
A présenter, quand renaît la lumière
Et quand le jour finit, au Dieu si bon
Qui de la vie un jour lui fit le don ?
Pourquoi, pourquoi, nouvel enfant prodigue
Du mal a-t-il sitôt franchi la digue ?

On vous a mis un voile sur les yeux
Pour ne plus voir notre Père des cieux,

Infortunés parents dont l'âme sombre
Dort tristement et se complaît dans l'ombre ;
Oui, levez-vous ; laissez-là le cercueil ;
Le jour du Christ finira votre deuil (1) ;
Sortez, sortez de votre indifférence,
A Dieu sur tout donnez la préférence.
Pour votre bien, pour celui de l'enfant
Que vous devez conserver innocent,
Soyez chrétiens, gardez votre foi pure,
Du déshonneur évitez la souillure ;
Des chrétiens froids secouez la torpeur.
Si vous voulez goûter quelque bonheur,
De vos devoirs conservez la pratique,
Aux jours de Dieu venez au temple antique ;
Nourrissez-vous de la chair de l'Agneau,
Buvez le sang du Testament-nouveau.

Mais, dites-vous, n'est-ce pas un délire,
La piété qui suscite le rire ?
A ces devoirs nul en nos jours ne croit ;
Ne sont-ils pas un importun surcroit
Aux vrais devoirs qu'impose la nature ?
Ne sont-ils pas une ignoble imposture ?

Qui vous l'a dit ? Les scribes des journaux,
Ces colporteurs de dogmes immoraux,
Ces esprits vains, gonflés de politique,
Fléaux du jour, calamité publique,
Que les démons, nos premiers ennemis,
Dans leur fureur sur la terre ont vomis.
Non, non, chrétiens, croyons à la parole
Qui vient de Dieu, qui soutient et console !

(1) *Surge qui dormis, et exurge a mortuis et illuminabit te Christus.* (Eph. 5, 14)

En écoutant ces docteurs des enfers,
Pensez-vous être à l'abri des revers ?
Je vous le jure : ils ne sauraient défendre,
Aux mauvais jours parfois de nous surprendre ;
Hélas ! jamais de notre triste exil,
Ces faux savants n'excluront tout péril ;
Contre nos vœux, des jours pleins de misères
Succéderont souvent aux jours prospères.
Mieux enseignés, ne nous méprenons pas.
Le vrai bonheur est ailleurs qu'ici-bas.

LE PROGRÈS

Il est deux sortes de progrès : celui de l'homme et celui de la matière. Celui de l'homme, assurément le plus noble des deux, consiste dans l'amélioration de son intelligence et de son cœur ; celui de la matière la perfectionne. L'un n'exclut pas l'autre ; tous deux peuvent se suivre, comme deux lignes parallèles ; mais il y a loin de la possibilité à la réalité, comme on peut le constater de nos jours, où sans souci des progrès de son âme, l'homme ne fait cas que des progrès de la matière.

Progrès ! Progrès ! Entendez-vous ce cri ?
Depuis longtemps j'en suis abasourdi !
Progrès ! Progrès ! Arrière l'ignorance !
Progrès ! Progrès ! Arrière l'impuissance !
Ou pour vrai dire : arrière, Jésus-Christ !
Arrière, Eglise, arrière votre esprit !
Beaucoup trop vieux pour la France nouvelle,
Qu'à vous bannir chacun montre son zèle !
Vous étiez bons pour le vieux temps passé !
Qu'on vous enterre ainsi qu'un trépassé !

Quel bruit affreux ! Je crois que le ciel tonne !
Et que je vive encor, cela m'étonne,
Moi, pauvre prêtre, au monde venu tard,
Qui suis sur tout sur mon siècle en retard,

Qui ne vois pas, sinon dans la matière,
De vrai progrès; qui vois que la misère
Ne cède pas sa place au vrai bonheur,
Qui vois partout persister la douleur !
Oui, je veux bien que le monde progresse,
S'il ne fait pas dédain de la sagesse.
Je le demande : est-il juste, en effet,
Que l'homme, hélas ! seul demeure imparfait,
Alors que tout ce dont il fait usage,
Il veut le voir s'ennoblir davantage ?
L'homme lui seul serait donc condamné
A demeurer toujours ce qu'il est né,
Un être impur, sous l'empire du vice,
Et de l'erreur subissant le supplice ?
Non, dira-t-on. Eh bien, pour progresser
Dans la vertu, sans jamais se lasser,
Qu'on me le dise : existe-t-il au monde
Quelque moyen qui bien mieux nous seconde
Que la sagesse et que tous les secours
Qu'en Jésus-Christ l'homme trouve toujours ?
Non, la raison même la plus altière
Ne craignait pas de l'affirmer naguère ;
Le Christ pour elle était le dernier mot
Du vrai progrès qu'on trouvait en dépôt
Dans les trésors conservés par l'Eglise ;
Non, la raison ne s'était pas méprise.
Dès lors du Christ pourquoi ne veut-on pas ?
Pourquoi de plus de l'Eglise est-on las ?
Dans la sagesse un seul progrès de l'homme
Vaut mieux que tout ce que progrès on nomme !
Pourquoi d'ailleurs l'homme serait-il fier
De ces progrès à peine nés d'hier,
Dont on ne peut juger de l'excellence
Pour soulager les maux de l'indigence,

Qui semblent bien ne profiter, hélas !
Qu'à ceux à qui rien ne manque ici-bas ?
Si le progrès dans les choses humaines
Avait le don de délivrer des peines,
L'œil verrait-il en nos jours tant de deuil ?
Franchirions-nous de nos maisons le seuil
Pour rencontrer à tout pas l'infortune
Sollicitant l'appui de la fortune ?
Chacun le sait : pour hâter les travaux,
On a trouvé mille moyens nouveaux
Qui semblaient tous devoir soulager l'homme,
Diminuer de ses douleurs la somme.
Eh bien, depuis, l'homme est-il plus heureux ?
Non, je le vois souvent plus malheureux !
Non, je le vois déserter la campagne
Pour s'en aller en pays de cocagne,
En quelque ville où le plaisir, l'argent
Semblent s'offrir à quiconque s'y rend.
Si là, du moins, la fortune cherchée
Lui souriait et, sitôt ensachée,
S'il revenait goûter quelque repos,
S'il revenait couler des jours plus beaux,
En son village, au sein de sa famille !
Non, non ; que dis-je ? on les compte par mille
Les malheureux que la ville a séduits
Et que l'on voit rentrer dans leurs réduits
Plus indigents qu'ils ne l'étaient peut-être
Avant d'aller rechercher un bien-être
Qui les a fuis ? Pourront-ils te bénir,
Progrès trompeur, dans leur sombre avenir ?

Comprenons-nous combien elle est étrange
De tout progrès cette longue louange

Dont se prévaut tout esprit orgueilleux
Pour braver Dieu, pour mépriser les cieux ?
Rien n'est plus vrai : le petit nombre enfante
Seul ces produits qu'avec éclat on chante.
Le plus grand nombre et c'est la nation
Ne fut pour rien dans leur invention ;
A tout jamais la nature est avare
De ces esprits d'une puissance rare,
Dont l'œil profond découvre les secrets
Longtemps voilés qu'on appelle progrès.
Je le répète : oui, la foule s'égare
Et c'est à tort que son orgueil s'empare
De cet honneur, ainsi que de son bien,
Duquel vraiment il ne lui revient rien.
Je le suppose : une guerre l'exile
De la patrie ; elle cherche un asile
En des pays éloignés et déserts,
Que nul n'a vus, perdus dans l'univers.
Là, tout d'abord, sa misère est profonde,
Elle est l'effroi du regard qui la sonde !
Là, que devient cette foule sans art,
Sans nul secours, courant de toute part
Et tout d'abord pour trouver de quoi vivre !
A quels labeurs faut-il qu'elle se livre
Pour se créer les plus pauvres abris,
En attendant d'aussi pauvres logis !
Dans cette foule, ainsi que l'inscience,
Ce qui paraît le plus c'est l'impuissance,
Ah ! le progrès ! quel temps lui faudra-t-il
Pour apparaître au pays de l'exil !
Conséquemment du progrès qui se vante,
S'il ne sait rien, c'est juste qu'il déchante ;
Ce qui lui reste est de plaire au Seigneur
Par la vertu, progrès cher à son cœur.

Oui, j'y consens, dira quelque esprit juste ;
Aussi faut-il sous peine d'être injuste
Ne pas nier la réelle beauté
De la machine et sa rapidité.
Voyez-la donc franchissant les espaces,
Faisant voler les plus énormes masses
Sans autre appui que deux bandes de fer !
Vraiment l'oiseau qui vole au sein de l'air
Dans la machine a trouvé sa rivale ;
Connaissez-vous sur terre son égale ?
Sur terre, oh! non ; mais je vous offre mieux :
Qu'est la machine à la rapidité des cieux ?
Qu'est-elle même au mouvement du globe
Dont la vitesse à nos yeux se dérobe ?
Une tortue à pas lourd, à pas lent ;
Ainsi le veut l'astronome savant.
Qu'est, dis-je encor, le train, même rapide,
Comme le vent s'élançant dans le vide,
Mis à côté de cet astre qu'on voit
Avec sa queue et dont nul ne conçoit
L'agilité, quand il nous fait visite
Ou qu'il s'en va revoir un autre site ?
Louons, chantons ces travaux, j'y consens,
Œuvres de l'homme, avouons qu'ils sont grands ;
Mais de l'enfant préférant sa poupée
A sa maman, si nous avions l'idée
Mesquine et fausse, alors nous donnerions
De notre esprit de courts échantillons.
Qu'est la machine à l'homme comparée
Pour la lui voir par l'esprit préférée ?
Par elle-même elle est sans mouvement,
L'homme va, vient toujours très librement.
L'homme dès lors dépasse une machine,
Nul doute, autant que toute œuvre divine

Dépasse une œuvre où seul l'esprit humain
A démontré le pouvoir de sa main.
Admirons donc la divine puissance
Et donnons-lui sur tout la préférence.

COMMERCE, TROMPERIES, FRELATAGE

Le progrès de la matière, ai-je dit, consiste dans son amélioration.
Mais en nos jours, au lieu de l'améliorer, on la détériore, et comme la
religion condamne le mensonge, aussi bien le mensonge en action que le
mensonge en paroles, on la fuit comme une ennemie.

Qu'est-ce, en nos jours, qu'on ne frelate pas ?
Partout, en tout, ce n'est que fraude, hélas !
Un monsieur trouve une petite fille,
Candide enfant d'une pauvre famille,
Les yeux en pleurs : — D'où vient votre chagrin,
Enfant, dit-il ? — Voyez sur le chemin,
Mon bon monsieur, le lait, lui répond-elle,
Que j'ai versé !.. — Remplissez la vaisselle,
Dit le monsieur rieur, avec de l'eau ;
Voici tout près un limpide ruisseau.
— Oh ! non ! dit-elle, à la maison ma mère
A joint au lait une part non légère
De l'eau du puits... — Un certain jour, je vais
Me procurer un peu de tabac frais ;
Le nez me brûle à la première prise...
Du bureau, dis-je, ah ! c'est une méprise !
Non, le tabac, c'était facile à voir,
Contenait poivre et marc de café noir.
Un autre jour, à la ville j'achète
Un peu de toile. Elle est, dit-on, parfaite,
D'un fil très pur, sans trace de coton ;
Chez moi je rentre : Ah ! du fil, me dit-on !

C'est du coton surtout ; le fil est rare
Dans votre toile ; et de suite on sépare
Fil et coton pour me le démontrer.
Une autre fois, je crois mieux rencontrer :
Je fais achat d'une liqueur au sucre
Chez un marchand qui fait son Dieu du lucre,
Et quand je bois un peu de sa liqueur,
En un moment se soulève mon cœur ;
Au lieu de sucre on a mis de glucose
Dans la liqueur une très forte dose.
J'achète un jour un brillant chocolat ;
Lorsque j'en mange : Ah ! dis-je, qu'il est plat !
Il m'incommode ! En lui ce qui domine
Du cacao ce n'est pas la farine ;
Le chocolat, je le vois varier
De prix selon la valeur du papier
Dont l'ouvrière avec soin l'enveloppe ;
Sa différence est toute en l'enveloppe.
Un jour j'achète un vin bien cacheté ;
Je le dis bon ; dès qu'on en a goûté,
Chacun répond : Oui, bon pour la cuisine !
J'étais volé, quiconque le devine ;
Il n'était pas une goutte de vin
Dans ce liquide où manquait le raisin.
Dans mon journal, je lis : Révalescière
Qui tous guérit, même le poitrinaire !
J'en fais achat : Tu m'as assassiné,
Dis-je au marchand, tu m'as empoisonné !
Empoisonné ! non ; mais je feins de l'être,
Car je voulais que l'on me fit connaître
L'ingrédient merveilleux, surprenant
Qui fait partout un bruit étourdissant ;
Non, me dit-on ; monsieur, soyez tranquille,
C'est simplement farine de lentille.

Un jour encore, afin d'être très sûr
De présenter le café le plus pur,
Je le demande en grains et non en poudre :
Mon habitude est, dis-je, de le moudre ;
Et l'épicier me donne des grains faits
D'une farine en des moules parfaits.
Je veux du miel, mais du miel véritable,
Et l'on me sert, ce n'est pas une fable,
Je ne sais quoi qui n'a rien du vrai miel ;
En le goûtant je le prends pour du fiel ;
On l'avait fait, de le dire j'ai hâte,
Et de glucose et de mauvaise pâte ;
Je ne veux plus, depuis cette leçon,
Que le vrai miel, que le miel en rayon.
J'achète en outre un peu d'huile d'olive,
J'en fais usage et de douleur très vive
Je me sens pris et pendant bien des jours,
Je suis malade ; ah ! j'en tremble toujours !
L'huile venait d'une grande fabrique,
Elle sentait l'acide sulfurique.
Vous demandez un verre d'un cognac
Qui ne soit pas nuisible à l'estomac
Et l'on vous donne une denrée impure,
Produit nouveau de paille en pourriture.
Si vous avez l'amour des escargots,
Pour moi, mon cœur les préfère à tous rôts,
Adressez-vous à la jeune Bourgogne
Qui les fabrique en grand et sans vergogne ;
De cet endroit quinze mille en un jour
A tous pays sont livrés tour à tour ;
Vous en aurez au moins le coquillage !
Muse, sur ce n'en dis pas davantage !
Je paie un jour des abricots nouveaux ;
Ils sont comptés, j'ai l'esprit en repos ;

4

J'ouvre le sac, j'y trouve... des cerises !
Partout, toujours de nouvelles surprises !
Mais ce surtout qu'on frelate le mieux,
Au grand mépris et de l'homme et des cieux,
Avouons-le : n'est-ce pas la parole ?
N'est-il pas vrai que par elle on accole
A chaque instant mensonge à vérité ?
C'est que l'esprit lui-même est frelaté
Depuis longtemps par l'erreur, le mensonge !
Muse, sur ce passeras-tu l'éponge ?
Oh ! certes, non, puisque des temps nouveaux
C'est à coup sûr un des plus grands fléaux !

L'INTEMPÉRANCE ET LE LUXE

Je combats ici les intempérances de l'auberge et du luxe, autre obstacle
à la foi, comme au progrès de la fortune.

En nos jours malheureux on n'a plus qu'un désir :
Chacun veut être riche et jouir et dormir ;
On subit pour cela tout travail, toute peine,
On néglige son âme, on va jusqu'à la haine
Du Dieu bon qu'on blasphème et qu'on tient pour néant,
Et confondant le tien, le mien, hélas ! souvent
On s'empare du peu dont jouit l'indigence
Que l'on condamne au deuil, aux pleurs, à la souffrance ;
On triomphe, on délire, on convoite un château
Où l'on pourra trouver un ombrage, un ruisseau,
Pour y couler des jours à l'abri des alarmes,
Riant de la douleur, sans connaître les larmes.
Mais, vain château d'Espagne ! on prend tous les moyens
D'éloigner la fortune et sa joie et ses biens.

L'un s'en va fort gaîment tous les jours à l'auberge
Où du matin au soir il joue et se goberge,
Absorbe vins, liqueurs, lit tous mauvais journaux,
S'enfume de tabac, rêve à des jours plus beaux ;
Oubliant le travail, sans souci de sa femme
Ni de pauvres enfants que la misère affame,
Il y porte avec lui le peu qu'il a gagné
Précédemment ; bientôt il n'a rien épargné
De ce modique avoir ; il revient bourse vide
En sa sombre maison où le chagrin réside.
Une autre, c'est sa femme, a l'amour du brillant ;
Du matin jusqu'au soir, la nuit, en s'éveillant,
Non, rien ne lui sourit, rien ne l'accommode
Tant qu'on ne la voit pas revêtue à la mode ;
Pour combler son malheur, ses dieux sont ses enfants ;
Elle use à les parer tous ses meilleurs instants,
Les parer avec luxe et jusqu'à la démence.
Eh ! comment voudrait-on qu'avec cette dépense
On pût avoir assez ; que le petit trésor
Ne passât tout entier dans ce si vain décor !
De tous on est blâmé, la foi rappelle à l'ordre ;
Mais rien n'y fait, on veut s'adonner au désordre !
Qu'on a donc tort alors de pousser des clameurs
Contre le sort du riche environné d'honneurs,
Dont la sobriété ménage la fortune,
Que le besoin jamais ne trouble, n'importune !
Pauvres, imitez-le ; vous glanerez encor
Dans les champs de ce monde, à sa suite, un peu d'or,
Je dis : un peu ; pourquoi ? Parce que pour la vie
Nul n'a besoin de tout ce que le cœur envie ;
Le vrai chrétien surtout se contente de peu ;
Il lui suffit de vivre et de vivre pour Dieu.

LA GRANDE FORTUNE

Je démontre ici comment la trop grande fortune, qui le plus souvent est un obstacle à la foi, selon la parole du Christ, peut amener elle-même sa propre ruine, et par conséquent qu'elle est loin d'être une vraie cause de bonheur.

Si je disais que la richesse
Engendre souvent la détresse,
Eh ! qui me croirait tout d'abord ?
Qui ne dirait : Vous avez tort ?
Eh bien, si peu que l'on y songe,
On ne me dira plus : mensonge !
Mais : ce n'est pas une chanson ;
Non, vous avez cent fois raison.
Et tout d'abord, c'est si vulgaire,
Que sur ce je pourrais me taire :
La richesse aime les dépens
Pour les plaisirs, pour des néants,
Mais ces dépens la rapetissent
Et de plus en plus l'amoindrissent
Jusqu'à tel point que bien souvent
Ils font du riche un indigent ;
J'ai vu cela, je le répète,
Et n'en veux plus lasser ma tête.
Mais ce que l'on sait beaucoup moins,
C'est qu'avec tous les meilleurs soins
La plus opulente fortune
Devient souvent très importune.
Comment cela, demandez-vous ?
Muse, de grâce, enseigne-nous.
Alors laissez-moi vous le dire
Et vous verrez si je délire.

Vous possédiez de vos parents
Ou de par des achats fréquents
De nombreuses, de vastes terres
Qui très longtemps furent prospères,
Qui vous ont valu leur poids d'or
Et fait grossir votre trésor.
Mais les désastreuses années,
Par les mauvais temps amenées
Ne vous ont produit que des maux
Pour prix de vos nombreux travaux.
Vous voilà d'abord dans la gêne
Et vous avez beaucoup de peine
A vivre, et vous vous empressez
D'emprunter de quoi vivre assez
Et pouvoir payer la main d'œuvre,
Sans quoi l'ouvrier se désœuvre.
Mais la disette vient encor,
Sans amoindrir votre décor,
Vos habitudes de bien-être,
Vos prodigalités peut-être ;
Et vous empruntez de nouveau
A quelque riche du hameau
Au moins les choses nécessaires
Pour faire face à vos affaires,
Si bien qu'il vous faut à la fin,
A défaut de froment, de vin,
De vos biens vendre une partie,
Contrairement à votre envie ;
Encor si vous pouviez trouver
Quelqu'un qui pût vous préserver
D'une ruine inévitable,
Je le confesse, regrettable,
En achetant de votre bien
Quelque parcelle ! Eh ! non, pour rien

On ne veut plus de terre aucune,
Votre vente est inopportune,
De champs, de vigne on ne veut plus
Et chacun garde ses écus,
Ou bien se précipite en ville
Où l'on se fera moins de bile,
Croit-on du moins, que sous les cieux
Sous lesquels vivent les aïeux,
Sauf à voir un jour la culture
Dont nul ne voudra prendre cure
Laissée à tout homme venant
Du Nord, du Midi, du Levant.
Si votre bien était minime,
Votre perte serait infime
Et vous la subiriez moins mal,
Avec un esprit plus égal
Lorsqu'une récolte mauvaise
Vous aurait mis dans le malaise.
Mais je me hâte de finir :
Le vrai souvent fait déplaisir ;
N'envions donc qu'un bien modique,
Et convenons, mais sans réplique,
Que cette petite leçon
Vaut bien mieux que son sans-façon.

UNE MAISON

Ce que je viens de dire d'une trop grande fortune, je vais le dire encore d'une maison trop vaste et trop belle.

D'une maison que peut-on dire
Qu'on puisse chanter sur la lyre ?
Cent choses belles tour à tour
Qu'on répète de jour en jour.

Une maison, nul ne l'ignore,
Mais faut-il le redire encore,
C'est quatre murs couverts d'un toit
De quelque chose que ce soit,
Les murs, de pierres ou d'argile,
Le toit de chaume ou bien de tuile,
Où l'homme riche ou pauvre naît,
Vit, meurt et devant Dieu paraît,
Lorsqu'après plus ou moins d'années
Par la bonté de Dieu données
Son corps s'en va dans le néant
Et son âme où son sort l'attend.

Ne disons rien de ces voitures
Servant de maisons, de toitures
A tant d'étrangers indolents
Qu'on nomme ici-bas camps-volants ;
Ce sont des maisons de tortue
Pour la misère mal vêtue.
Les mépriser ? non ; d'autant moins
Que souvent elles sont témoins
D'un bonheur ignoré des hommes
Vivant sous les plus riches dômes ;
Si l'on n'y voit pas de bons rôts,
Elles n'ont pas non plus d'impôts ;
Sans que les ennuis les chagrinent,
Par tous pays elles cheminent,
Voyant toujours des cieux nouveaux,
Sans connaître les durs travaux,
Non moins heureuses dans leur marche
Que ne l'était un patriarche
Allant partout dans le désert
A la recherche d'un pré vert

Ou que l'opulente richesse
Que l'on voit s'en allant sans cesse
De l'un à l'autre des châteaux
Qu'elle possède en monts, en vaux.

Mais en chemin si je m'amuse,
Excuse-moi, patiente muse,
Et sans plus tarder revenons
A notre chant sur les maisons.

Pour mettre à l'abri sa faiblesse
L'homme, utilisant sa sagesse,
A su se créer des abris,
Mais tout d'abord, humbles logis,
Et puis plus tard des maisons vastes
Où l'on vit s'étaler les fastes
De l'opulence et des beaux-arts
Qu'on admira de toutes parts,
Mais qui suscitèrent l'envie
Avec sa sœur la jalousie.
De là le village et les bourgs,
De là les villes et les cours
Et le château grand et splendide
Où le bonheur humain réside,
Mais qui ne fait jamais dédain
De l'indigent privé de pain.
De cette somptueuse aisance,
Malgré votre triste indigence,
Pauvres, ne soyez pas jaloux,
De votre sort contentez-vous ;
Pour le soutien de notre vie
De tout ce que le cœur envie
Nul n'a besoin. Si vous souffrez,
Si vous pleurez, vous le savez :

Dans peu de temps seront finies
Les douleurs et les avanies :
Pauvre et riche vont à grands pas
A l'inévitable trépas,
Vers la tombe du cimetière
Où quelques mètres de poussière
Leur suffiront très largement
Pour attendre le jugement ;
C'est là notre maison dernière,
Plus durable que la première ;
Je le dis à l'homme opulent
Tout aussi bien qu'au mendiant.

Enfin, que de demi-fortunes,
Pleines d'ardeurs inopportunes
On a vu trop vite finir
Pour n'avoir su se contenir
Dans les limites ordonnées
Par la disette des années
Et qu'on regrette d'autant plus
Qu'il faut alors vivre en reclus
Dans un palais splendide, immense
Sans rapport avec sa naissance !
Pour l'orgueilleux dure leçon
Que n'égale pas un sermon !

Ayant vécu plus d'une année
Dans une maison surannée,
J'avais fini par y trouver
Un bien auquel j'aime à rêver ;
Mais les crapauds, malpropre engeance,
S'en faisant un lieu de plaisance
Et ne cessant de coasser
Quand je désirais reposer,

Je me fis construire une cure (1)
Où l'atmosphère serait pure,
Où je pourrais enfin dormir,
Sans trouble aucun, avec plaisir.
Eh bien, de ma vieille masure
J'eus un regret dont la mesure
Longtemps dépassa l'agrément
Que me donnait un logement
Plus confortable, plus commode,
Plus en rapport avec la mode.
Donc, le plus beau toujours n'est pas
Ce qui contient le plus d'appas.
Et vivant depuis quatre lustres
Sur des terrains jadis lacustres (2),
Je dois monter un escalier
Dont ne voudrait pas un meunier,
Pour m'introduire dans ma chambre,
Depuis janvier jusqu'en décembre.
Eh bien, par croire j'ai fini
Qu'il est d'un travail très fini
Et que tout escalier plus large
Ne porterait pas mieux ma charge ;
Dès lors je m'en trouve content
Et n'userais pas mon argent
A m'en faire un plus magnifique,
Malgré qu'il soit du plus antique.
Tant il est vrai qu'à défaut d'or
L'homme peut être heureux encor!

(1) Aux Maillys, en 1852.
(2) A Serrigny.

L'AMITIÉ CHRÉTIENNE

C'est le progrès dans les affections. Je donne ici trois exemples de cette belle chose : celui de l'amitié de Jonathas pour David ; celui de l'amitié du Christ pour son disciple Jean ; celui du prêtre pour l'enfant chrétien. Si l'on chasse le Christ et son prêtre de la société, l'amitié se voit bientôt supplantée par la haine qui enfante les divisions, l'oppression du faible par le plus fort et les meurtres. C'est le progrès dans la haine. L'histoire en donne mille preuves, celle de nos jours aussi bien que celle des temps passés.

Si nous chantions, ma lyre, un doux bien de la vie,
L'agréable amitié ? C'est ma suprême envie !
Un ami vrai, qu'est-il ? On l'a dit : un cœur d'or,
Dépassant en valeur le plus riche trésor,
Un diamant sans prix qui demande qu'on cède
Pour lui, sans nul regret, tout le bien qu'on possède.
Par la tendre amitié les cœurs font des duos
Qui dissipent l'ennui, rendent légers les maux ;
Par elle, plus de rang ! dès la plus tendre enfance,
Gaîment la pauvreté joue avec l'opulence,
Comme aussi l'enfant riche, ignorant la grandeur,
Du pauvre aime l'enfant, l'appelle vers son cœur.
Saül, le fier Saül que le démon agite,
Le démon de la haine, en son âme médite
Et la nuit et le jour un homicide affreux,
Celui du doux David, du sauveur des Hébreux,
Qui, pour calmer son roi, transporté de délire,
Accompagne ses chants des accords de sa lyre ;
Mais David est aimé du juste Jonathas
Qui veille sur ses jours, le sauve du trépas.
Jonathas et David ! quel plus touchant modèle
Pourrait-on proposer de l'amitié fidèle !
Jonathas, fils royal ; David, humble pasteur,
Jusque-là peu connu, mais chéri du Seigneur !

C'est que jamais, non, non, l'amitié ne regarde
Ni l'argent, ni le sang dont l'orgueilleux se farde
Et se prévaut, hélas ! pour n'adorer que lui,
Et n'avoir en son cœur que mépris pour autrui !

Traversons à grands pas l'immensité des âges
Et comtemplons le Christ, vrai modèle des sages.
Il démontre qu'il est Fils de Dieu par des faits
Subjuguant la raison qui voit dans leurs effets
Une force divine, inconnue à la terre
Depuis qu'en un Sauveur le cœur de l'homme espère.
Eh bien ! voyez, goûtez combien son cœur s'éprend
D'une vive amitié pour son disciple Jean
Dont sans peine il permet que la tête repose
Sur son cœur enflammé, comme on voit une rose
Doucement reposer sur un cœur que l'amour
Fait battre et qui voudrait un généreux retour
De l'âme qu'il chérit. Quel étonnant contraste !
Jésus, le fils de Dieu, Jésus au cœur si chaste
Et l'homme si petit, quelque parfait qu'il soit !
De cet abaissement un pur regard perçoit
Un peu la profondeur et la haute sagesse :
Ah ! c'est que pour le ciel il n'est point de bassesse
Dès qu'il s'agit d'aimer et de se faire aimer,
D'adoucir notre exil qu'il veut voir moins amer !
Sainte amitié d'un Dieu, vivifiez encore
Le cœur qui croit en vous, le cœur qui vous adore ;
Soyez de tous les cœurs, mais avant tout du mien
Le plus riche trésor, le plus ferme soutien ;
Autant que vous étiez l'ami de votre apôtre,
Par grâce, ô Dieu Jésus, soyez aussi le nôtre ;
Par votre amour soyez encor notre Sauveur ;
Que notre cœur glacé s'échauffe à votre cœur !

Alors, au lieu de voir parmi nous la discorde,
Jamais on ne verra que l'aimable concorde ;
La fortune et le rang qui n'auront nul dédain
Pour l'humble pauvreté sollicitant son pain,
Lui serviront sans peine une part de leur table,
Le verre d'eau du Christ, un vêtement sortable,
Parce qu'ils sauront bien qu'il n'y a pas deux sangs
Dans notre humanité ; que celui des puissants
Et que celui du pauvre ont une unique source
N'ayant point varié pendant sa longue course,
Pas plus dans les trésors que dans la pauvreté ;
Qu'il faut admettre enfin notre fraternité.
Les savants, eux non plus, riches de la science,
N'auront aucun mépris pour l'infirme ignorance,
Sur laquelle ils voudront déverser leur savoir,
Ainsi que l'opulent qui puise en son avoir
Pour adoucir les maux de la triste indigence,
Pour alléger un peu la peine et la souffrance.
Nous marcherons ainsi sur vos pas, divin Christ ;
Sans amour on est mort ; de par vous c'est écrit.

Mais un homme surtout commande notre estime
Et mérite de tous l'amour le plus intime ;
Cet homme, c'est le prêtre en tous temps honoré,
Que nos pères pieux toujours ont vénéré.
Sa main nous a bénis souvent à notre aurore,
Comme elle est toujours prête à nous bénir encore ;
Le prêtre nous apprend quel est notre destin,
Du terme où nous allons nous montre le chemin,
Et lorsque vient la mort, il appelle les anges
Pour emporter notre âme et faire ses louanges
Au Dieu qui la créa, qu'un jour elle offensa,
Mais qu'elle aima souvent et souvent confessa.

Le prêtre, ami de tous, fut chanté des poètes,
Associé par eux au nombre des prophètes ;
Mais en nos jours troublés, du prêtre on a l'horreur,
De s'éloigner de lui chacun se fait honneur ;
L'enfant qu'il fit chrétien bien vite l'abandonne,
Nouvel enfant prodigue, au mal pour qu'il s'adonne,
Consomme son avoir, et cherche les morceaux
Dont n'aura plus voulu la troupe des pourceaux.
Heureux dans son malheur, s'il conserve du prêtre
L'ombre d'un souvenir ! car cette ombre peut-être,
Qui sommeille en son âme un jour s'éveillera,
De l'abîme du vice un jour le sortira ;
Le prêtre qu'il aimait, de la miséricorde
Qui de son tendre cœur sur les pécheurs déborde,
Alors l'inondera, contre son cœur content
Longtemps le pressera, parce que cet enfant
Qu'il croyait mort revit, de la céleste grâce
A soif encore et veut du bien suivre la trace.
O prêtre fortuné ! son deuil sera fini
Parce qu'il reverra du ciel encore béni
L'enfant qu'il regrettait, que dans sa joie extrême
Encore il nourrira du pain du Dieu qui l'aime,
Et puis, pasteur, brebis s'aimeront de nouveau
Et s'aimeront encor par delà le tombeau,
Dans l'amour éternel, vaste océan sans rive,
D'où l'amour pur découle, où l'amour pur arrive.

CHANT DE LA MILICE CHRÉTIENNE

CONTRE LES ENNEMIS DU VRAI PROGRÈS.

Ce chant n'est qu'une contrefaçon de la *Marseillaise*. Il a paru tout d'abord dans le *Catholique*. Pour ne donner lieu à aucune méprise, j'ai dû composer un air qui lui fût spécial ; on le trouvera dans la collection de mes chants religieux.

Accourons, enfants de l'Eglise,
Le temps de la paix est passé !
Laissons le froid qui paralyse,
Du repos l'enfer s'est lassé !
Dans nos villes, dans nos villages,
Entendez ses sombres soldats ;
Ils ne parlent que de combats
Contre le Dieu de tous les âges !

Alerte ! vrais chrétiens ; venons et supplions
Jésus ! Son sang très pur sauve les nations.

Que veut cette foule d'esclaves
Contre l'Eglise conjurés ?
Pourquoi ces injustes entraves ?
Pour qui ces liens préparés ?
Chrétiens, pour nous, ah ! quel outrage
Et quel zèle il doit exciter !
Qui de nous voudrait bien porter
Les fers du plus dur esclavage ?

Eh ! quoi ! ces tourbes éhontées
Feraient la loi dans nos foyers !
Eh ! quoi ! ces troupes concertées
Gouverneraient de saints guerriers (1) !

(1) Saint Paul appelle le chrétien soldat du Christ : *miles Christi*.

Dieu ! nos mains seraient enchaînées !
Nos fronts sous leur joug se ploieraient !
Quelques mutinés deviendraient
Les maîtres de nos destinées !

Craignez, méchants, craignez, perfides,
De haine contre nous épris ;
Craignez, vos luttes fratricides
Auront bientôt reçu leurs prix !
Tout vrai chrétien doit vous combattre,
Et, s'ils succombent, nos héros,
L'Eglise en forme de nouveaux
Qui sauront un jour vous abattre.

Chrétiens, en soldats magnanimes,
De grâce, retenez vos coups ;
Epargnez de pauvres victimes
A regret luttant contre vous.
Mais la cohorte atrabilaire...
Mais les fils de l'impiété
Frappant avec malignité
L'Eglise toujours tendre mère !...

Ne désertons pas la bannière
De nos martyrs, des saints élus ;
Aimons à baiser leur poussière,
A reproduire leurs vertus.
Bien moins jaloux de leur survivre
Que de partager leur cercueil,
Ayons tous le sublime orgueil
Dans les saints combats de les suivre !

Eglise, notre bonne mère,
Conduis, soutiens tes fils en pleurs !
Religion sainte et si chère,
Tu vois en nous des défenseurs !
Sous tes drapeaux que la victoire
Daigne accourir ! Alors nos chants
Du noir enfer et des méchants
Diront la honte et notre gloire !

LA MORT, LES FLÉAUX

Quand l'homme s'embourbe dans la matière et qu'il oublie son propre progrès, Dieu le rappelle à lui par les fléaux. J'ai composé cette pièce à l'occasion du choléra de 1884 et de l'invasion du phylloxéra.

Tandis que l'on s'endort,
Amis, partout la mort
Exerce ses ravages
Sur tout, sur tous les âges.
Qui dira les tombeaux
Qu'elle a faits des berceaux ?
De la verte jeunesse
A l'infirme vieillesse,
Comptez combien est grand,
Voyez jusqu'où s'étend
Le nombre des victimes
Qui peuplent ses abîmes !
Il n'est point jusqu'au cœur,
Créé pour le bonheur,
Il n'est point jusqu'à l'âme,
Cette immortelle flamme,
Qui n'éprouvent ses coups,
Qu'au Père au cœur si doux

L'affreuse ne ravisse
Par les charmes du vice.

Quand elle a tout atteint
Et presque tout éteint
Dans sa victime, l'homme,
Sa main puise à la somme
Des célestes fléaux,
Seul remède à ses maux.
Elle frappe sa vigne
Afin qu'il soit plus digne
Du prix de son labeur,
Des bienfaits du Seigneur ;
En fuyant la prière,
Tant son âme est altière,
Il outrage en effet
Le Dieu bon qui l'a fait !
Heureux si sa clémence
L'amène à repentance !
Il goûtera les dons
Qui suivent ses pardons ;
Il reverra ses terres
Redevenir prospères ;
Sur le phylloxéra
La mort s'exercera.
Alors dans l'abondance,
Plein de reconnaissance,
Il bénira le Dieu
Qu'on bénit en tout lieu.

Dieu frappe ainsi le monde
Quand le vice l'inonde :
Les maux des anciens jours
Le rediront toujours ;

Mais Dieu bénit encore
Le peuple qui l'adore :
La voix du genre humain
Ne le dit pas en vain.

~~~~~~~~

LES DEUX VIGNES

Lisons tout d'abord le cantique d'Isaïe sur la vigne, qui est l'Eglise de Dieu.

« Mon bien-aimé avait une vigne sur un lieu élevé, gras et fertile. Il l'environna d'une haie, il en ôta les pierres, et la planta d'un plant rare, excellent ; il bâtit une tour au milieu, et il y fit un pressoir ; il s'attendait qu'elle porterait de bons fruits et elle n'en a porté que de sauvages. Maintenant donc, vous, habitants de Jérusalem, et vous, hommes de Juda, soyez les juges entre moi et ma vigne. Qu'ai-je dû faire de plus à ma vigne, que je n'aie point fait ? Est-ce que je lui ai fait tort d'attendre qu'elle portât de bons raisins, au lieu qu'elle n'en a produit que de mauvais ? Mais, je vous montrerai maintenant ce que je vais faire à ma vigne : j'en arracherai la haie et elle sera exposée au pillage ; je détruirai tous les murs qui la défendent, et elle sera foulée aux pieds. Je la rendrai toute déserte, et elle ne sera ni taillée ni labourée ; les ronces et les épines la couvriront, et je commanderai aux nuées de ne plus pleuvoir sur elle. La maison d'Israël est la vigne du Seigneur des armées, et les hommes de Juda étaient le plant auquel il mettait ses délices ; j'ai attendu qu'ils fissent des actions justes, et je ne vois qu'iniquité..... » (Isaïe, V, 1.) Et un peu plus loin, comme si le prophète voulait établir une connexion entre la vigne mystique et la vigne naturelle, il dit de celle-ci : « La récolte de dix arpents de vigne remplira à peine un petit vase de vin. »

Si, dans l'évangile de saint Jean, Jésus-Christ se réserve l'honneur d'être la vigne, il nous laisse celui d'en être les branches.

Il est deux vignes, pour les cœurs,
Sources fécondes en bonheurs,
Toutes deux par le ciel plantées,
Toutes deux sur le luth chantées.
L'une donne à l'homme son fruit
Qu'avec le ciel son cep produit,
Qui de l'âme fait les délices
A table et dans les sacrifices

Où par un mot mystérieux
Il se change au Seigneur des cieux ;
Nous la voyons sur nos montagnes
Et trop souvent dans nos campagnes
Où dans la glaise elle languit
Et malgré nos soins dépérit.
La seconde est, pour nous, l'Eglise
Qu'en tous climats on trouve sise
Et qui produit à Dieu des saints.
De l'une et l'autre les destins
Semblent unis par une chaîne
Que le regard perçoit sans peine,
Puisqu'on la constate partout,
Dans nos malheureux jours surtout.
De chacune les maux empirent ;
Contre elles les fléaux conspirent ;
L'une en butte au phylloxéra
Bientôt peut-être expirera ;
L'autre, victime de la haine
Que satan sur ses ceps déchaîne,
Souffre et pâlit de plus en plus,
Bientôt, pour nous, ne sera plus
Si le ciel ne vient à son aide
Et si l'impiété ne cède
Enfin sa place à la vertu.
De nouveau, France, aimeras-tu
La vigne du Père céleste ?
Oh ! oui, ton passé me l'atteste !
Oh ! oui, tu reviendras au Dieu
Que l'homme bénit en tout lieu !
Non, non, ta coupable inconstance
Ne peut m'ôter cette espérance !
Alors l'Eglise renaîtra,
De saints nouveaux s'enrichira,

Et nous verrons grandir la vigne
Dont l'homme saint sera plus digne
Et nous aurons en fruits plus beaux
De quoi remplir tous nos tonneaux.

LE PÈRE DE LA VIGNE MYSTIQUE

ET DU VRAI PROGRÈS

J'ai voulu conserver dans cette pièce le souvenir d'une question qui me fut faite un jour sur un portrait du pape, et qui m'avait quelque peu surpris.

De qui ce beau visage,
Me demandait un vieux,
Philosophe peu sage,
A l'esprit soucieux,
S'occupant de commerce,
Négociant en vin,
Dont l'âme ne s'exerce
Qu'à faire gain sur gain,
Oublieux sur la chose
Pour laquelle un chrétien,
Sans jamais qu'il repose,
Userait tout son bien,
La chose nécessaire,
En un mot le salut ?
— C'est celui du Saint-Père
Que de chez lui n'exclut
Jamais un bon fidèle,
Lui dis-je, un peu surpris.
Il anime mon zèle
Lorsque je me sens pris

D'une frayeur soudaine
En face des soldats
De l'enfer, de la haine
M'excitant aux combats ;
C'est le grand Léon Treize,
Le Vicaire du Christ ;
Chaque jour je le baise
Et de cœur et d'esprit,
Par un culte sincère,
Notre fier défenseur,
Fléau de l'âme altière
Et du libre-penseur.
Que la foule vénère
Tous ces nombreux portraits
Qu'on rencontre sur terre,
Pour mes yeux sans attraits !
A la pieuse image
Du père de la foi
Mon cœur veut rendre hommage ;
Il n'a pas d'autre roi.

J'étais très à mon aise,
Même un peu trop content :
On lisait : Léon Treize,
Au pied du monument.
Mais ce nom du Saint-Père,
Mon interrogateur,
Sans en faire mystère,
L'ignorait en son cœur.
Et pourtant l'âme en peine,
Je ne comprenais pas
Que, fût-elle mondaine,
Une âme pût, hélas !

Ne pas savoir d'un pape
Le nom si bien connu,
Lequel vraiment n'échappe
Même au dernier venu.

~~~~~~~~

LETTRE A UN AMI

INVITATION PLAISANTE ET SÉRIEUSE TOUR A TOUR

———

J'y constate le mépris que font de la foi les ennemis du vrai progrès.

Si vous ne boudez pas, venez demain ;
Si vous boudez, venez encore ;
D'un victimé (1) ne fais pas dédain ;
A voir les martyrs on s'honore.
Gaîment on parlera
De mille choses
Et puis on toastera (2)
Pendant les pauses,
Après quoi l'on ira cueillir le dahlia
Et son charmant rival, le beau bégonia
Qui vont s'éteindre avec l'automne
Pour tout un hiver monotone.
Hélas ! très cher, le triste temps
Avec sa neige et ses autans,
Avec ses rhumatismes,
Avec ses catéchismes
Et ses sermons
Toujours trop longs,

(1) Allusion à la spoliation des bénéfices curiaux, année 1552.
(2) Prononcez : tôtera.

Dès lors qu'on n'en retire
Qu'une injuste satire
Ou le mépris
De gens épris
De leur raison altière,
Contre la foi si fière
Et se moquant des cieux
Qu'ils trouvent nuageux.
La foi, d'après leur dire,
N'est qu'un triste délire
Qu'il faut guérir enfin,
Dont on doit voir la fin.
Et ces outres si vides,
Aux lumières livides,
Dont il ne sort souvent
Que plus ou moins de vent,
Osent faire la guerre
Aux docteurs de la terre,
Et leur dire : « Ignorants,
« Arrière pour longtemps ! »
Mais, vains discours ! Du Verbe la lumière,
Fille de Dieu, restera la première !

LETTRE A UN AMI MALADIF

Cet ami m'avait prié de lui procurer du vin. Il faut s'entr'aider : c'est
une loi du progrès.

Avec bonheur tous les jours je m'escrime
Dans mes loisirs à cultiver la rime.
Ami, dis-moi, possèdes-tu ton vin ?
N'aurais-je pas prié Bessède en vain ?

Puisse son vin ravigoter ta vie !
Tu le sais bien, c'est ma meilleure envie !
Quand on est vieux comme toi, comme moi,
C'est un devoir de prendre garde à soi.
Crois-moi, dès lors, donne à ta chair mortelle
Un vêtement de très chaude flanelle
Et le froid vif, au lieu de l'affronter,
Avec frayeur il te faut l'éviter ;
De grâce enfin, fais droit à ma requête :
D'un doux coton enveloppe ta tête ;
Du feu ! des soins contre l'humidité !
Par tous moyens conserve ta santé.
Dieu ne veut pas que l'on se suicide,
Qu'à s'en aller, trop tôt l'on se décide.
En servant Dieu plus longtemps nous vivons
Et plus aussi du Dieu que nous servons
Nous obtiendrons une large mesure
Du vrai bonheur : sa justice l'assure.
Conservons-nous aussi pour les amis
Qu'il faut aider contre leurs ennemis ;
Dans les combats qui parfois nous désolent,
Des bons amis les secours nous consolent ;
En attendant s'ouvrir pour nous les cieux,
Un ami vrai nous rend assez heureux !

RÉPONSE A UN BILLET DE FAIRE PART

PAR LEQUEL UN AMI
M'AVAIT ANNONCÉ LA MORT PRÉMATURÉE DE SA FILLE

Il faut nous consoler les uns les autres dans les afflictions ; c'est encore une loi du progrès.

Mourir à quatorze ans,
Mourir à son printemps,
C'est triste pour un père,
Cruel pour une mère ?
Mais non, ne pleurez pas !
Par de là le trépas
Voyez Louise heureuse,
Vous souriant joyeuse
Et nous disant à tous :
Je prierai Dieu pour vous.

IMAGES DE LA BRIÈVETÉ DE LA VIE

Le sujet précédent m'amène à celui-ci. C'est un progrès de l'âme, je ne dirai pas de connaître la brièveté de la vie, mais d'y songer pour vivre plus saintement.

A quoi n'a-t-on pas comparé
La brièveté de la vie ?
Pour les uns, c'est l'herbe du pré
Après quelques soleils flétrie,
Ou bien la rose qui ne vit
Que de l'aurore matinale
A la naissance de la nuit
Où tombe sa corolle pâle,

Ou bien le vol de tel oiseau
Dont l'œil ne peut suivre la trace,
Ou bien le sillon d'un vaisseau
Qu'un flot subitement efface.
Pour d'autres, c'est le court moment
Que dans la nuit fascine un songe
D'honneur, de plaisir ou d'argent
Dont au réveil fuit le mensonge;
Ou bien encor l'éclair brillant
Qui jaillit d'un nuage sombre.
Pour d'autres, c'est le court instant
Que sur la terre dure une ombre,
Ou bien le demi-jour d'hiver
Suivi bientôt d'une nuit double,
Ou le train du chemin de fer
Dont la rapidité nous trouble.

Mais ce qui, pour moi, la peint mieux,
C'est le néant de telle image
Qu'une glace montre à nos yeux
Et qui fuit de son étamage
Où l'on n'en voit plus aucun trait,
Dès que de lui s'est retirée
La figure qu'il nous montrait.
De la vie, oh ! courte durée !

LA GUERRE A NUITS

Malgré tout ce qu'on a dit contre elle, on travaille de jour en jour à la rendre plus meurtrière. Est-elle un progrès utile? Pour la foi, c'est un fléau : *a bello libera nos, Domine.* J'ai composé cette pièce après les batailles qui ensanglantèrent en 1870 la petite ville de Nuits, pays de ma naissance. Oh! la guerre! comme si la vie n'était pas assez courte!

Très cher, te souvient-il de ce temps qui n'est plus
Où nous aimions gravir nos arides montagnes
Pour toucher de la main le séjour des élus
Et de haut contempler nos fertiles campagnes?
Ne vois-tu pas encor ces attrayants rochers
Où souvent s'en allait s'ébattre notre enfance,
Cette *Cave* profonde et ces longs *Troux-Légers*
Où la chauve-souris pleurait notre vaillance?
Autant que toi tu sais combien j'étais friand
Des fruits du groseillier, de la ronce sauvages,
De l'épine-vinette et des œufs de cul-blanc,
Le tout assaisonné de joyeux bavardages!
Cinq ou six acacias, nos *Gueumes* de noyers,
La *Fontaine-des-Loups*, les bois de la *Serrée* :
C'était là tour à tour que, près de nos foyers,
Nous aimions à couler quelque heureuse soirée.
Des sommets des coteaux d'où ruisselle avec l'or
Un vin exquis, de l'œil mesurer la patrie,
Nuits, si cher à nos cœurs, et, dans un noble essor,
L'égaler à Paris égayait notre vie.
Et puis quand, un orage ayant accru ses eaux,
Le *Meuzin* débordé grondait dans la prairie,
Glacés d'effroi, fuyant au loin vers nos coteaux,
Longtemps nous écoutions les bruits de sa furie.
Là, pour nous quel bonheur, si l'on carillonnait
Quelque fête du Christ ou de sa sainte mère!

Comme aussi quels regrets, quand la cloche sonnait
Le glas de quelque ami qu'on aimait comme un frère !
Ils ont fui, ces beaux jours ! A leur doux souvenir
Il faut joindre celui des combats fratricides
Qu'un roi teuton, Guillaume, un fourbe, osa venir
Livrer à notre France, en nos pays placides.
Il jeta la terreur trois fois en moins d'un mois,
Sur nos monts, sous nos murs, jusque dans nos demeures,
Mais il sentit le bras d'un ciel vengeur trois fois
S'appesantir sur lui pendant d'horribles heures.
De nos braves les feux et plus encor les bras
Abattirent des siens, dit-on, plus de sept mille...
Aussi dut-il s'enfuir !.. Honneur à nos soldats !
Qu'on le chante partout, au village, à la ville !
O Nuits, tu sauras vite effacer de tes murs
Les traces d'une guerre injuste autant qu'impie...
Mais longtemps tu diras : « Les sépulcres impurs
Des Prussiens, les voilà ! Que rien n'y vienne à vie ! »

ÉGUILLY

Je passai dans ce modeste village trois années de mon enfance. J'y appris les premiers éléments de langue latine chez son curé, ancien vicaire de Nuits, M. l'abbé Favier, prêtre méridional qui depuis longtemps a quitté le diocèse. Il avait de nombreux amis qui le visitaient souvent, parmi lesquels M. Gilibert, directeur du grand séminaire sous l'administration de Mgr Rey. J'ai constaté, pendant les trois années que je passai sous sa direction, sa foi vive et son zèle pour tout ce qui est du culte ; il m'est doux de lui rendre ce bon témoignage. Mais les instants trop courts qu'il pouvait donner à mon instruction ne me permirent point de faire, chez lui, des progrès satisfaisants ; je le quittai donc pour entrer au séminaire de Plombières, en l'année 1839.

Il est au canton de Pouilly.
Un petit village, Eguilly,
Où j'ai passé de mon enfance
Trois ans d'heureuse souvenance.

Les anciens l'ont construit jadis
A l'image d'un paradis ;
Les bois en couronnent la tête,
On dirait un bouquet de fête ;
A ses pieds coule l'Armançon
Où j'allais prendre maint poisson
Et de superbes écrevisses
Que je mangeais avec délices.
Je vois encor son grand canal
Dont les ondes longent le val
Et sa rigole où la grenouille
Aux jours d'été constamment grouille
Et m'offrait un mets délicat
Que j'estimais plus qu'un ducat.
J'aime encor ses belles prairies
Et leurs peuplades de tauries
Et sa fontaine du *Peula*
Où toute ménagère va,
Bien qu'elle soit de sa demeure
Distante d'une demi-heure,
Laver son linge ; où les oiseaux,
Coucous, loriots, merles, corbeaux
Vont s'abreuver. Je rêve encore
Aux rouges fraises qu'à l'aurore
J'allais cueillir dans ses forêts,
Aux pissenlits que dans ses prés
J'allais couper en abondance
Aux jours où le printemps commence ;
Aux leçons d'équitation
Qu'aux jours de récréation,
Pour moi le cœur tout plein de zèle
Me donnait un ami fidèle,
Aux chasses que j'entreprenais
En monts et dont je revenais

Toujours bredouille; à mes voyages
Si gais aux pays des barrages
Et chez tous ces pieux curés
Qu'hélas ! je n'ai plus rencontrés
Que rarement sur cette terre,
Mais que je reverrai, j'espère,
Bientôt dans un monde meilleur;
Je vous désigne avec bonheur,
Lautrey, Leroux, dont l'excellence
Eut sur mon cœur tant d'influence !
Oui, mais ce que j'aime surtout,
Ce que mon cœur met avant tout
Dans ce joli petit village,
Charme parfait de mon jeune âge
Et que je n'oublierai jamais,
Tant mes jours y coulaient en paix,
Ce sont des familles chrétiennes
Qu'il regarde comme les siennes,
Qui m'accueillaient avec bonté,
Comme un enfant vraiment gâté,
Comme un enfant dont la naissance
Eût valu cette bienveillance :
C'est la famille des Masson
Au juste et glorieux renom
Que leur a valu l'élevage
Et dont j'aimais la mère sage ;
Et celle des Bannelier
Qui sut à son cœur me lier,
Que mon cœur a toujours bénie,
Lui souhaitant très longue vie.

———

Je voulais donner ici deux pièces sur mes Séminaires, dans lesquelles je nommais avec plaisir tous mes anciens maîtres et leur exprimais ma très juste reconnaissance. Mais j'ai compris qu'elles n'intéresseraient point mes lecteurs.

AUXONNE

C'est un simple souvenir de mon vicariat.

Après avoir reçu les Ordres (1),
Je fus envoyé par les ordres
De monseigneur François Rivet,
Ce souvenir toujours me plaît,
Sur les rivages de la Saône,
Dans l'antique cité d'Auxonne,
A Gouvenot, cordial curé
Qui m'accueillit de très bon gré,
Dirigea mon intelligence
Pendant deux ans d'expérience
Et m'installa dans son canton,
Aux Maillys, cure de renom.
Pour lui c'était plaisante affaire
D'avoir près de lui son vicaire.
Depuis mon départ de Mailly
Deux fois il vint à Serrigny
Me faire avec bonheur visite,
Et si la mort l'enleva vite
A ses amis de ce bas monde,
Au ciel encore il les seconde
Par ses vœux, et son souvenir
Est pour mon cœur un doux plaisir.
Il s'amusait à la sculpture
Et se délectait de peinture ;
On se souvient de ses oiseaux,
De ses sauvages animaux

(1) En 1843.

Pour lesquels il était bon père ;
Il décéda légionnaire,
De sa ville très regretté
Pour son zèle et pour sa bonté.
Mais parce qu'il n'est aucun homme
Qui des biens ait toute la somme,
En musique il n'était pas fort ;
Il l'avouait, non pas à tort ;
Mais comme il était en estime,
On tenait son chant pour sublime,
Et tout autre qui chantait bien,
Si bien que lui ne savait rien ;
C'est ainsi qu'étant répétée
Souvent l'erreur est acceptée.
Un jour Auxonne fut ému
Par un miracle prétendu :
De jeunes soldats pour leurs mères
Venaient de faire leurs prières
Auprès d'un bon-Dieu-de-pitié ;
Ce bon-Dieu vu dans sa moitié,
Par une adresse de sculpture,
Joli travail d'une main sûre,
Semblait avoir les yeux fermés.
Mais vu de face, aux gens armés
Ses yeux s'étaient ouverts au large ;
Non, vrai, ce n'est pas une charge :
Ce Dieu venait d'ouvrir les yeux,
C'était un miracle des cieux !
Et voilà l'église envahie
Par une assemblée ébahie !
A ce bruit Gouvenot accourt,
Et près du Dieu s'arrête court ;
Puis pas à pas son pied s'avance ;
Des yeux provient la différence

6

Du lieu duquel ils sont perçus ;
Dès lors le miracle n'est plus,
Le vrai dissipe le mystère ;
Il faut dès lors sur lui se taire
Et chacun rit de son erreur
Et bientôt cesse la rumeur.
Gouvenot n'était point crédule ;
Sans être, certes, incrédule,
En fait de miracles nouveaux,
Ceux-là seuls qui portaient les sceaux
De Rome avaient sa confiance ;
Tout autre avait peu sa croyance.
Tous ces miracles si nombreux,
Disait-il, qui captent les yeux
Font tort à ceux des Evangiles ;
Ceux-ci désormais sont futiles
Aux yeux d'un crédule chrétien.
Croyez-moi, cela ne vaut rien,
Ajoutait-il en confidence ;
Ainsi montrait-il sa prudence !
D'après Gouvenot la raison,
A l'homme de Dieu premier don,
Accepte la foi comme une aide
Et même comme un vrai remède
A toutes ses illusions,
Sans quitter ses prétentions
Très justes d'être la lumière
Que l'homme reçoit la première.

MAILLY

Muse, à mon aide viens encore ;
De mon zèle chantons l'aurore !
Je fis mon entrée à Mailly (1),
Je m'en souviens, un vendredi,
Aux jours où partout Dieu l'on fête.
On m'y reçut comme un prophète,
Successeur du très digne Aubert
En attendant l'abbé Maubert
A qui je dus céder la place (2).
Je sus, je crois, y faire face,
Dans le plaisir ou la douleur,
A la malice avec honneur.
Avec l'aide d'âmes pieuses,
A servir Dieu vraiment heureuses,
Toujours répondant à ma voix,
J'établis le Chemin de croix,
Et, pour l'honneur de notre Mère,
Ce fut ensuite le Rosaire,
Puis la prière pour les morts.
Ce n'était que pieux transports !
Et pour abattre une masure
J'obtins une nouvelle cure,
Puis un cimetière très beau
Où j'eus voulu voir mon tombeau.

Ainsi que dans le voisinage,
Un jour le choléra fit rage
Contre ce malheureux pays ;
Moi-même un jour je m'en vis pris ;

(1) En juin 1850.
(2) En décembre 1861.

Mais de cette attaque subite,
Grâce à Dieu, je fus bientôt quitte ;
Mais j'eus la douleur d'enterrer,
En un seul mois, non sans pleurer,
De mes paroissiens cent cinquante ;
La tâche n'était pas plaisante ;
On ne voyait partout que deuil ;
Partout ce n'était que cercueil.
Et comme après une bataille
Souvent on donne une médaille
Aux soldats les plus valeureux,
Le Gouvernement généreux
M'en offrit une, et je regrette
Que, se faisant mon interprète,
Notre Evêque n'ait pas voulu
La recevoir ; elle m'eût plu ;
Je l'aurais mise près de celles
Que tout chacun trouve fort belles
Et que j'obtins dans des concours
De fleurs en vogue de nos jours.

Comme une grande basilique,
Mon église avait sa musique
A deux, à trois, à quatre voix,
De l'art ne bravant pas les lois ;
Parfois je la menais en ville
Où sans se faire trop de bile,
Défiant de tous le dédain,
Elle s'emparait du lutrin,
Et, quand, malgré la jalousie,
Sa tâche ardue était finie,
Aux Maillys je la ramenais,
En saluant les Auxonnais

Dont plusieurs marchaient à sa suite,
Lui faisant bonne reconduite.

Pauvre pays ! Tous les fléaux
Tombaient sur lui sans nul repos !
En mil huit cent cinquante-quatre,
Je l'ai dit, sur lui vint s'abattre
Le choléra : puis, l'an suivant,
Ce fut la grêle avec un vent,
Des airs véritable révolte,
Qui ravagèrent la récolte ;
Si bien qu'au milieu de l'été
On croyait l'hiver répété ;
Aucune trace de verdure,
On eût dit morte la nature ;
Et l'an suivant, malheur nouveau :
Tout était submergé sous l'eau ;
De très loin on voyait la Saône
Tout couvrir de son limon jaune ;
Puis, après l'eau, c'était le feu
Que j'éteignais, homme de Dieu,
Me disait-on, par ma présence,
Par la vertu de ma puissance.

Vivait alors en ce pays
Un très bon chrétien, de Berbis ;
Aidé par sa pieuse dame,
D'amour de Dieu vivante flamme,
Il avait fait une maison,
Où venait en toute saison,
Au contentement des familles,
La troupe des petits filles
Apprendre d'excellentes sœurs
A servir Dieu de tous leurs cœurs.

Depuis, on fit, en concurrence
Des Filles de la Providence,
Construire un nouveau bâtiment
Pour y donner l'enseignement
Que déjà l'on voulait laïque,
En attendant qu'il fût civique.
Mais ce vaste établissement
Dont s'en allaient trop fréquemment
Des institutrices en vogue
(Il n'est pas long leur catalogue),
N'obtint qu'une courte existence ;
Il devint pour la tendre enfance
Un asile où souvent j'allais
Dans mes doux instants de relais
Prendre un moment de jouissance
Dont j'aime à garder souvenance.
Enfin pour contenter l'envie
De la commune, alors ravie,
De Berbis, honneur à son nom !
De sa maison lui fit le don,
Pour qu'elle devînt communale
Et désormais fût sans rivale,
Mais à cette condition
Qu'à tout jamais l'instruction
Par des sœurs y serait donnée ;
Pour le pays bonne journée !

Mais les combats et ma santé
Simultanément ont hâté
De ce village ma sortie.
Je l'aimerai toute ma vie
Autant que lui-même m'aima.
De cet amour qui me charma

J'obtins l'entière certitude
Lorsque, sans suivre une habitude,
Ses bons habitants tout en pleurs
M'amenèrent comme un des leurs
Et sans redouter la distance
En ma nouvelle résidence (1).
Qui dira leur émotion
Quand vint la séparation !
C'étaient des plaints, des cris de femme
Bouleversant toute mon âme ;
Au jour de son enterrement
On pleure moins un bon parent.
Quatre Maillys, charmants villages,
Que Dieu vous garde toujours sages !
Il le veut, votre ancien pasteur ;
Il le veut pour votre bonheur !

Je voulais donner ici une pièce sur la paroisse où j'habite depuis vingt-quatre ans ; mais ma muse est restée muette en face des persécutions que j'y ai subies, bien qu'elles me soient un titre à l'honneur.

UNE PROVIDENCE

Je loue ici la générosité de ma tante qui ne cesse de venir à mon aide, et surtout depuis que le Gouvernement m'a privé de mon bénéfice curial. Béni soit Dieu qui place les biens à côté des maux !

A Nuits on vit naître deux sœurs,
Sœurs par le sang, plus par leurs cœurs.
De l'une le nom était Jeanne ;
Ce nom m'est doux comme une manne ;

(1) A Serrigny, 1861.

De ma mère il était le nom,
De ma mère à l'humble renom.
Déjà j'ai chanté sur la lyre
Ma bonne mère au doux sourire,
Pour Dieu sa tendre piété,
Pour moi sa vive charité.
Je la chanterais bien encore,
Mais aujourd'hui mon cœur l'implore,
Aujourd'hui que son âme, au ciel,
Contemple, adore l'Eternel;
Non, de mes mains ma lyre tombe
Au seul souvenir de sa tombe.
Mais sa sœur à Nuits vit encor
Qui me vaut mieux que tout trésor,
Qui m'aime comme on aime un frère,
Tout autant que m'aimait ma mère.
Je veux de suite le prouver
Sans avoir besoin de rêver
Bien longtemps à ce que demande
La louange que me commande
La reconnaissance du cœur.
A travailler à mon bonheur
Jamais ma tante ne se lasse ;
En attendant qu'elle trépasse,
Depuis le décès de maman,
Chacun des vendredis de l'an,
Par les soins d'une jardinière,
Très fidèle intermédiaire.
Je reçois d'elle des poulets,
Du beurre avec quelque autre mets,
Et pour parer à l'injustice
Qui me prive de bénéfice,
Elle m'offre d'un cœur content
De son avoir autant d'argent

Qu'il m'en faut pour vivre sans gêne
Et sans que je me mette en peine.
De plus, elle a fait sa maison
Où j'ai mes chambres, mon salon
Pour m'abriter dans la tempête
Qui gronde aujourd'hui sur ma tête.
A ma tante cent fois merci !
Je ne suis pas à la merci
De tout chacun, ni de l'Eglise ;
Elle entend que je me suffise,
Grâce à ses charitables soins
Qui satisfont tous mes besoins.
De plus, avant qu'elle n'expire,
Dirai-je ce qu'elle désire ?
Pourquoi ne le dirais-je pas ?
En attendant notre trépas,
Pour abriter notre poussière,
Elle fait faire au cimetière
Du pays natal un caveau ;
Pour son neveu bienfait nouveau !
M'ayant aimé pendant sa vie,
C'est sa douce et louable envie
Que je repose à ses côtés.
Puissent ses vœux être écoutés !
Son nom, l'on désire peut-être
Que je le fasse enfin connaître ;
Il est Christine Pacquetet.
Mais, c'est assez, mon cœur se tait.
Cependant avant de me taire
Ne puis-je pas dire qu'en terre
Dorment des Pacquetet pieux,
Très saints prêtres dont l'âme aux cieux
Sollicite par ses prières
Pour l'Eglise paix et lumières?

On voit sur l'histoire des Saints
Que ma tante tient entre mains
La griffe d'un Pacquetet prêtre,
Et de nos jours on vit renaître
Ce nom dans un prêtre fervent
Naguère curé d'Arcenant.

CHIEN, CHAT, PAON ET FAISAN

Il n'est rien, dans la nature, qui n'ait une voix pour bénir Dieu et nous élever à lui ; les animaux eux-mêmes possèdent ce privilége.

J'eus dans ma vie un petit chien,
Lequel pour mon cœur valait bien,
Dût-on m'accuser de faiblesse,
Un ami tendre, une richesse.
Je le savais, chaque matin,
A ma porte il restait chagrin,
De mon réveil attendant l'heure
Où pour lui s'ouvrait ma demeure ;
Mais dès que ma porte s'ouvrait
A mes pieds, vite il accourait,
Craintif et folâtrant sans cesse
Aussi longtemps qu'une caresse
De ma main ne l'eût satisfait ;
Une caresse suffisait
Pour le rendre heureux et tranquille,
Tout aussi content que de mille.
Sans lui je n'étais pas heureux,
Tant il était gentil, joyeux !
Sans être taxé de délire
A tous je voudrais pouvoir dire

Combien souvent nous nous parlions
Et combien souvent nous allions
Ensemble parcourir la plaine
Ou quelque campagne lointaine.
Mais un jour, hélas ! triste jour,
Que je le cherchais par ma cour,
En l'appelant, l'âme inquiète,
Pour lui servir, dans son assiette,
Je ne sais quoi, du pain, quelque os,
On me dit : soyez en repos,
On l'a mis dans un sac en Saône.
Ma domestique en était jaune
Et de chagrin se mit au lit ;
« N'en parlons plus, c'est fait, c'est dit ! »
Etait son unique parole ;
Mon chien avait fini son rôle ;
Il venait d'être atteint d'un mal
Qui lui devait être fatal ;
Par les soins de ma bonne mère,
On l'avait mis à la rivière.
Redire ce qu'alors mon cœur
Eprouva de vive douleur,
A mon âme par trop sensible,
Oh ! non, cela n'est point possible.
Mais aussitôt je le jurai :
Non, non, plus jamais je n'aurai,
Dussé-je imiter un ermite
Qui seul en sa cellule habite,
Aucun chien, ni gros, ni petit,
Devant me priver d'appétit ;
Et depuis lors je suis fidèle
A mon serment, et suis rebelle
Quand d'un chien l'on m'offre le don
Et sur ce, chante une chanson.

A Dieu seul, disais-je, mon âme !
A Dieu seul sa modique flamme.
Qu'usurperaient des animaux,
Fussent-ils bons, fussent-ils beaux !

En même temps, j'ose le dire,
A tout jamais dût-on en rire :
J'aimais d'un tendre amour mes chats !
Eh ! ne devais-je pas des rats
Me délivrer, des rats voraces
Dont je voyais partout les traces,
Qui nichaient même sans façon
Dans tous les coins de ma maison.
Oui, mais toujours la même histoire !
Que chacun veuille bien m'en croire :
Mon cœur, quand je perdais un chat,
Sentait en lui comme un combat,
Un chagrin indéfinissable,
Une douleur par trop durable.
Alors, des chats ne parlons plus,
Disais-je, et vivons en reclus !
Pourrai-je bien tenir parole :
Les rats que matou plus n'affole
Dans ma maison se trouvent bien,
De nouveau n'y respectent rien ;
La mort-aux-rats, ils la rebutent
Et riant à son nez l'insultent !
Et pourtant toujours je tiens bon
Et de ma résolution
Je garde toujours la mémoire
Et je m'en fais quelque peu gloire.
De plus, j'élevai le faisan
Et son jaloux rival le paon.

J'aimais admirer leur plumage
Et souvent j'en faisais hommage
Au Dieu puissant qui les bénit
Au Dieu dont la main les peignit
A l'égal des fleurs séduisantes,
Des coquilles les plus luisantes.
Avec mon paon, gentil Coco,
Nous chantions souvent un duo.
Mais après dix-sept ans de vie,
Il mourut de paralysie
Et rempli de paille et de son,
Depuis, il orne mon salon.
O temps trop court, je te déteste !
De tous ces biens ce qui me reste
Est un faisan lui-même âgé,
Toujours très beau, bien encagé,
Que de mes yeux souvent j'admire,
Qui dans mes yeux souvent se mire,
Allant, dansant, auquel ma main
Matin et soir porte son pain.

LES HIRONDELLES

Charmantes hirondelles,
Aux amitiés fidèles,
Chacun de vos retours
M'annonce les beaux jours.
Moins fières que les hommes
Du temps triste où nous sommes,
Vous fréquentez le toit
Du prêtre quel qu'il soit ;
Votre chant me réveille
Dès que l'aube s'éveille :

Prêtre, me dites-vous,
Chante Dieu comme nous ;
Joins à nos mélodies
Tes saintes psalmodies.
Quand vous faites leurs nids
A vos futurs petits,
Ou que par la nature
Vous cherchez la pâture
Qui devra les nourrir
Et les faire grandir,
Je dis : Suis leur exemple,
Dès le jour viens au temple,
Ce doux nid du Seigneur ;
Aux enfants de son cœur
Donne la nourriture
Qui soutient l'âme pure.
Baromètre vivant
Que fit le Tout-Puissant,
Quand vous rasez la terre,
Pour mon jardin j'espère
Quelques coups d'arrosoir
Qui laisseront, le soir,
Mon bras déjà débile
Prendre un repos utile.
Si vous volez en haut,
Il fera beau bientôt ;
Sans faire longue étude,
J'en ai la certitude ;
Je ne crains pas alors
De courir au dehors,
A travers les campagnes,
Au sommet des montagnes,
Aspirer un air pur
Et voir un ami sûr.

Non, non, je ne puis dire
Tout ce que Dieu m'inspire
Pour vous d'aménité
Pour la fidélité
De votre voisinage,
Pour votre gai langage.
Vous m'êtes un secours,
Vers moi restez toujours !
Mais, non, chères petites,
Cherchez le plus doux sites ;
Fuyez avec effroi ;
L'hiver est près, je croi ;
Fuyez, je vous en prie,
Je crains pour votre vie ;
Plus je ne vous verrais,
Ni ne vous entendrais.

DEUX FLEURETTES

Tant qu'il y aura sur terre un brin d'herbe, il sera pour moi la preuve de l'existence du Dieu qui l'a créé. Comment la fleur n'aurait-elle pas, elle aussi, sa voix pour le chanter ?

Il est deux sœurs,
Petites fleurs,
Toujours jolies,
Bien accueillies,
Que tout enfant,
Bien mieux qu'argent,
Avec ivresse
Cherche sans cesse
Quand du printemps
Revient le temps ;

L'une l'étonne
Par sa couronne,
L'autre sourit
A son esprit
Par son arôme ;
Chacun les nomme
Avec bonheur,
Avec chaleur :
C'est Pâquerette,
C'est Violette,
Charmant présent
Du Dieu puissant
Qui nous récrée
Comme il nous crée,
Par son amour
Et tour à tour
Par des fleurettes
En tout parfaites,
Dont la couleur
Ou dont l'odeur
Toute âme enchante,
Même méchante.
J'aime à les voir,
A les revoir,
Ces fleurs petites
Pour leurs mérites,
Et de nos champs,
Loin des autans,
Ma main les porte
Près de ma porte,
Dans mon jardin,
Où, le matin,
Je les salue
Mieux à ma vue,

Sans les cueillir,
Sans leur ravir
L'instant de vie
Trop tôt finie
Dont leur fit don
Un Dieu tout bon,
Dont la largesse
Vaut la sagesse,
Pour le chanter,
Pour l'exalter,
Lui que sur terre
La fleur révère
Et non moins mieux
Que les grands cieux (1).

LE GLAÏEUL

A toi, brillant Glaïeul,
Que j'ai pris pour filleul !
Ta splendeur séduisante,
Il faut que je la chante !
Charmant vainqueur du lis,
Nos jardins sont emplis
De ta belle famille
Qui de mille feux brille
A notre œil enchanté
Dans les grands jours d'été.
Chacun à leur tour, Beaune
Et la reine du Rhône,
Villefranche et Châlon,
Bel enfant du Japon,

(1) Cette petite pièce a paru tout d'abord dans l'*Horticulteur chalonnais.*

7

Par mes soins t'admirèrent,
Bien plus, te vénérèrent.
J'en ai quatre témoins,
Marqués à très beaux coins,
Dans les quatre médailles
Décorant mes murailles,
De vrai bronze et d'argent,
Et de vermeil brillant.

Pour les bouquets en gerbes,
Paré de quelques herbes,
Tu n'as point de rival,
Tant ton port est royal.
Riche ornement du temple,
Le regard te contemple,
Admirant tes beautés
Dans nos solennités ;
Et lorsqu'en symétrie
L'opulent te marie,
Tu pares les salons
De ses nobles maisons,
Bien mieux que leurs peintures,
Bien mieux que leurs dorures.

Autant mon cœur t'aima,
Autant ma main sema
Ta graine recueillie
Toujours avec envie
De voir des nouveautés
Dans tes variétés ;
Et jamais ne fut vaine
De mes labeurs la peine :
Souvent des gains nombreux
Me rendirent joyeux ;

Que l'on daigne me croire,
Je n'en veux pas la gloire ;
La gloire en est au vent,
Au bourdon qui souvent
Chargés de tes poussières,
Produit de tes anthères,
Firent ces coloris
Dont les yeux sont surpris.

Charmant glaïeul, je t'aime
Un peu plus que moi-même ;
Enfant de mes plaisirs,
Attrait de mes loisirs,
Par toi mon cœur oublie
Les ennuis de la vie.
Toi, la gloire t'attend ;
Moi, je mourrai content
De te voir me survivre
Plus longtemps qu'un beau livre
Ne survit à l'auteur
Dont il fit le bonheur!

LE DAHLIA

A ton tour, fleur royale,
Première et sans égale,
Dahlia gracieux
Qui subjugues les yeux !
Aujourd'hui je désire
Aux accords de ma lyre,
Te louer, te chanter,
Sans détour t'exalter.

Brillant fils du Mexique,
Des fleurs pays classique,
Tu fus en nos jardins,
En des jours non lointains,
Par Dahl, le botaniste
Dont la gloire subsiste,
En Suède importé,
Déjà riche en beauté ;
Mais au pays de France,
Bientôt ton élégance,
Des ans suivant le cours,
S'accrut de jours en jours.
Semé, semé sans cesse,
Ta graine avec richesse
Multiplia sans fin
Ton coloris divin,
Du petit à l'énorme
Ton pétale et sa forme.
Du pauvre, ami des fleurs,
Tu séchas bien des pleurs,
Comme de l'opulence
Tu fis la jouissance,
En versant le plaisir
Sur son noble loisir.
Mais de tout on se lasse ;
Bientôt tu n'eus plus place
Au jardin dédaigneux
Où tu parus trop vieux ;
D'autres plantes moins belles,
Excitant tous les zèles,
Tu fus bientôt laissé,
Beaucoup trop méprisé !
Mais, non, bientôt la mode,
Qui de riens s'accommode,

Aperçoit son erreur,
Te remet en honneur,
De son erreur honteuse,
De ton retour joyeuse,
Et de tes Lilliputs,
Aimés dès leurs débuts,
On recherche la sphère
Qu'avant tout on préfère.
Mais, court triomphe, hélas !
Voilà qu'on semble las
De cette préférence,
Plus que de la démence ;
De ta simplicité
L'on se montre enchanté.
Non, ta simple corolle
Ne vaut pas une obole
Et jamais de mon cœur
Ne fera le bonheur ;
Ta forme sphéroïde
Où l'on ne voit nul vide
Méritera toujours
Les plus justes retours.

Que puis-je dire encore
De toi, roi de la Flore ?
Par ta grande beauté
De toute majesté
Tu seras d'âge en âge
La plus parfaite image !
Que je t'aime en massifs
Brillant de tes tons vifs !
Que je t'aime en bordure !
Jamais, c'est chose sûre,

Quelque fleur que ce soit
D'aucun cœur ne reçoit
Un plus parfait hommage,
Ni d'éloge plus sage
Que ceux qu'en ce moment
Te fait mon cœur content,
O fleur enchanteresse,
Digne de sa tendresse,
Auguste Dahlia,
A qui Dieu le lia !

LA ROSE

—

Salut ! brillante Rose,
Tout récemment éclose !
Tu m'es du paradis
Qu'en Hève je perdis
Et de ma fraîche enfance
La chère souvenance.
Parfum délicieux,
Tu ne viens que des cieux !
Sans ralentir ta course,
Remonte vers ta source :
Je t'offre à ton auteur
Dont tu chantes l'honneur !
Rose délicieuse,
Tu rends mon âme heureuse ;
Béni soit ton destin !
Tu m'es un long festin ;
Car si ta vie est brève
Autant que l'est un rêve,

Je retrouve en tes sœurs
Tes vivantes couleurs :
Toujours sur ton pied brille
Une jeune famille,
Comme toi belle un jour
Et commandant l'amour.
Je ne veux plus redire
Ce que j'aimais à dire
De toi, superbe fleur,
Et de ta douce odeur
Et du pieux symbole
De ta belle corolle,
Quand, jadis, je chantais,
Quand aussi j'exaltais
La Vierge immaculée,
Charme de la vallée
Dont tu peins les beautés
Par tes doux veloutés,
Rose mystérieuse,
De toute âme pieuse
La cause du bonheur,
La plus douce senteur.

. . . .

LE LIS

———

Tous nos parterres,
Toutes nos serres,
Tu les emplis,
Superbe Lis.
Les voix bibliques,
Évangéliques

T'ont tour à tour
Dit leur amour ;
Au saint cantique
Tout séraphique
De Salomon
Je lis ton nom
Et ta louange
Qu'envierait l'ange.
Brillant ami,
Sans ennemi,
Vers toi l'épine
Fait sombre mine,
Voyant en toi
Le port d'un roi.
Ecoute encore
Mon luth sonore :
La majesté
Dans sa beauté,
D'or revêtue,
Charmant la vue,
Ne montre pas
Tes doux appas.
Enfant sublime,
Que rien ne mime,
Que Gabriel,
Ange du Ciel,
Prit pour parure
De sa main pure ;
Bijou gâté
De la bonté
Du Dieu suprême
Que pour toi j'aime,
Au cœur chagrin
Donne sans fin

La confiance
Et l'espérance,
Et dis qu'aux cieux
L'homme vaut mieux
Que toute plante
Même charmante ;
Qu'ils n'oublieront,
Ne laisseront
Dans la misère
Quiconque espère
Matin et soir
En leur pouvoir.
Enfin dirai-je
Que de la neige
Ton vif effet
Bien moins me plaît
Que l'excellence
De ton essence ;
Que dans des jours
Qui n'ont plus cours,
Ta douce image,
Noble étalage,
Sur les manteaux,
Sur les drapeaux
De la puissance
Guidant la France,
On la montrait,
On l'admirait,
Parfait insigne,
Glorieux signe
Pour tout esprit
Du divin Christ ;
Que de Marie,
Vierge chérie

De tout chrétien
Et son soutien
Tu peins la gloire
Et fais mémoire ;
Que ta candeur,
Que ta splendeur
Montre de l'âme
La chaste flamme ;
Que c'est pourquoi
Tout près de moi
Ma main te plante,
O fleur parlante,
Pour mieux te voir
Et concevoir !

LE BÉGONIA

De monsieur Crousse, horticulteur
(Son nom restera doux au cœur),
   Le catalogue
   A mis en vogue
Depuis un certain nombre d'ans
De Flore un des plus beaux présents,
   L'humble Bégone.
   Elle lui donne,
Par ses labeurs les plus suivis,
Les plus ravissants coloris
   Et des fleurs pleines
   Qui de ses peines
Le dédommagent amplement,
Dont chacun lui fait compliment.

Charmante chose !
Du rouge au rose,
Du jaune d'or au blanc très net,
L'œil de l'amateur se complaît
A voir entière
De la lumière
Dans ce bijou du ciel gâté
La richesse et son velouté.
Aussi je l'aime
D'amour extrême !
Ses pétales multipliés
Se sont tellement déployés
Que Rose même,
La fleur suprême,
Le voit déjà d'un mauvais œil
Et songe à se vêtir de deuil
Pour son histoire
Et pour sa gloire
Dont elle redoute la fin,
N'attendant plus que le dédain,
Et que Fuchsie
De jalousie
Se sent prise, et non sans motif,
Croyant voir pâlir son massif.
Non, non, mes belles,
Les cœurs fidèles
Ne vous délaisseront jamais
Et vous vivrez toujours en paix
Avec Bégone !
Elle est si bonne !
Vivre à votre ombre est son désir,
Ombrer vos pieds, c'est son plaisir !
Mais cette plante
Semble inconstante ;

Son pétale double un instant,
Revient au simple bien souvent ;
A qui la faute ?
Est-ce à son hôte
Envers elle avare d'engrais ?
Mes soupçons me paraissent vrais.
Quand je l'adore,
Souvent encore
Je vois sur elle avec regret
Un mélange très imparfait
De fleurs mi-doubles
Et de fleurs doubles.
J'aime mieux sa simplicité
Que cette curiosité.
Peu de louange
Pour ce mélange !
Mais sur ce, ma muse, tais-toi !
Voudrais-tu faire ici la loi ?
On aime en France
L'indépendance ;
Chacun y veut très librement
Louer ce qu'il trouve charmant.

LE CHRYSANTHÈME

J'ai composé cette pièce pour en faire hommage à la Société d'horti-
culture de Chalon-sur-Saône, à la suite d'une exposition de cette fleur où
je venais d'obtenir une médaille de bronze pour la belle collection que j'y
avais envoyée. Cette pièce a été publiée par le journal de la Société.

Quand t'arrêteras-tu
De montrer ta vertu,
Superbe Chrysanthème,
En ce moment le thème

Par ma lyre choisi
Et par mon cœur aussi ?
Si je veux une rose
Grande ou petite éclose,
Si je veux un œillet
D'un gracieux effet,
De belles anémones,
Soudain tu me les donnes.
Tu m'es un dahlia,
Un vrai camélia,
La vive renoncule,
Et par tes fils de tulle
Tu mimes le toupet
Du plus joli poulet ;
Rival des marguerites,
Souvent tu les imites.
Quant à tes coloris,
Qui n'en serait surpris ?
Ils sont presque sans nombre :
Depuis le rouge sombre
Jusqu'au rouge éclatant,
Depuis le blanc brillant
Jusqu'au blanc couleur crème,
Depuis le jaune blême
Jusqu'à celui de l'or.
Eh ! que dirai-je encor ?
L'aurore boréale
Et l'aube matinale,
Je les trouve en tes fleurs
Riches de leurs splendeurs.
Du bleu lui seul l'absence
Se voit dans l'abondance
Des tons dont Dieu si beau
Revêtit ton manteau ;

Sans trop nous faire attendre,
Veuille enfin nous surprendre :
Donne-nous les tons bleus
Que nous donnent tous deux
L'iris et la pensée,
Condamnant cette idée
Que j'entendis un jour
Exprimer sans détour
Par un savant de... Beaune,
Que le bleu, que le jaune
Aux yeux ne montrent pas
Leurs séduisants appas
Dans la même famille,
S'élevât-il à mille
Le nombre des enfants
Nés de ses descendants.
Surprenante merveille
Qui n'as pas ta pareille,
Du plus riche jardin
Serais-tu, par destin,
La table synoptique,
La page analytique ?
A ta louange enfin
Je ne sais mettre fin :
Comme un feu d'artifice
Que voit avec délice,
Toujours vif et joyeux,
L'enfant au jour des jeux,
Sur la fin de l'année,
Lorsque Flore est fanée,
Tu jettes mille feux
Qui captivent les yeux.
Heureux qui te protège
Contre les froids, la neige !

Il jouira longtemps
De tes bouquets charmants.
Quelque peu de ta gloire
S'attache à ma mémoire :
Pour toi je suis chanté
Par la Société
Dont on connaît le zèle
Pour toute plante belle,
Conséquemment pour toi,
La plus belle, je croi.
Mais un jour, sur ma tombe
Que ta tige retombe
En signe d'amitié,
En pleurant de pitié !
Quant à toi, nul ne doute
Que le long de ta route,
Tu sauras obtenir
Un brillant avenir !

UNE ACTION DE GRACE

Je l'adresse à M. Délaux de Saint-Martin-du-Touch, près Toulouse, en reconnaissance de l'honneur qu'il m'a fait de me choisir pour parrain d'un de ses Chrysanthèmes nouveaux.

Des fleurs que vous mettez en vogue,
Dans votre nouveau catalogue,
L'une entre autres porte mon nom ;
Je n'ai pourtant point de renom.
Merci pour cette gentillesse ;
Je l'accueille avec allégresse ;
Merci, cent fois, monsieur Délaux !
Dans vos chrysanthèmes nouveaux,

En me guidant sur ma fortune,
Ou plutôt sur mon infortune,
Je veux faire un modeste choix,
Tout en louant à haute voix
Vos gains toujours si magnifiques,
Je dirai bien, même magiques.
Mais je veux attendre le temps
Qui ramène le doux printemps,
Où le chrysanthème prospère,
Sans qu'un froid tardif ne l'altère.
Non, non, je ne puis renier
Mon beau filleul, monsieur Garnier !
Pour la gloire du chrysanthème,
Si digne d'un amour suprême,
Et pour votre propre bonheur,
Vivez ! c'est le vœu de mon cœur !

ENCORE UNE ACTION DE GRACE

Je l'adresse à M. Rozain-Boucharlat, de Cuire-les-Lyon, qui a daigné
donner mon nom à l'un de ses nouveaux Pélargoniums zonales.

Un jour d'hiver, morte saison,
Je reçois de Cuire-Lyon
De fleurs un petit catalogue
Que l'obtenteur veut mettre en vogue.
Parmi les pélargoniums
Nommés aussi géraniums,
Je vois, non sans quelque surprise,
Tout en craignant une méprise,
L'un d'eux de mon nom précédé :
D'un frère en fleurs gai procédé !
Plus haut, j'avais lu : Léon-Treize ;

Beau voisinage ! J'en suis aisé !
Non moins que mon plus beau glaïeul,
Je l'aimerai ce beau filleul :
« Abbé Garnier, très vaste ombelle,
» De rondes fleurs, à couleur belle
» De pourpre vif, de violet,
» Au centre blanc, charmant bouquet. »
J'aime le pourpre, du martyre
Emblème saint ; le blanc m'attire ;
Il peint de l'âme la candeur ;
Le violet plaît à mon cœur,
De toute âme humble il est le signe.
D'où me vient cet honneur insigne ?
Mille mercis, monsieur Rozain !
Je ne ferai jamais dédain
De cet hommage volontaire ;
Il me plaît ; je ne puis m'en taire !

LA MUSIQUE

J'en fais l'histoire et j'exprime le regret de la voir bannie de nos écoles primaires.

Musique, ô belle enchanteresse,
Charme constant de ma jeunesse,
Qui m'endormais dans mon berceau,
Et me conduiras au tombeau,
Ne faut-il pas que je te chante
Un hymne de ma voix tremblante ?
Dis-moi, ma belle, d'où viens-tu ?
D'où vient ta puissante vertu ?
Sans doute, d'où vient toute chose,
Du Créateur, première cause

De tout ce qu'on voit ici-bas,
De tout charme, de tout appas,
Sans quoi tu serais un mystère
Inexplicable sur la terre.
Oui, charmante, tu vins des cieux
Comme un bel ange en ces bas lieux
Pour consoler notre misère,
Pour adoucir la peine amère,
Des cieux d'où vient au rossignol
Sa belle voix comme son vol.
Humble et suave créature,
Enfant gâté de la nature,
Jamais pouvait-il se donner
Ces airs défiant tout clavier
Qu'il chante au sein de la nuit sombre,
Lorsque tout sommeille dans l'ombre ?
Dieu seul est l'auteur de ses airs
Qui valent mieux que tous concerts !
Dès lors, que chacun le confesse
Sans crainte aucune et sans faiblesse :
Musique, ton seul inventeur
N'est autre que le Créateur ;
En lui seul est ton origine,
D'où je dois te nommer divine !
De ton histoire commençons
Les récréatives leçons.
A peine l'homme vient de naître
Qu'on le voit déjà te connaître.
De l'orgue, roi des instruments,
Sans peine on peut compter les ans,
Jobal, fils de Lamech, est père
D'une postérité prospère
De l'orgue accompagnant ces chants
Auxquels succèdent entre temps

Les sons raisonnants des cithares
De leurs accords jamais avares (1).
Ton orgue, belle, est donc ancien
S'il est antédiluvien.
Sur ce dois-je croire Moïse ?
Assurément. Quoi qu'on en dise,
L'esprit de l'homme primitif,
Malgré sa chute, encore actif,
Encore empli de la science
Et de la belle intelligence
Dont lui fit don en le créant
Le fécondateur du néant,
Le riche producteur des mondes,
De notre terre et de ses ondes,
Tout amoindri qu'il est, n'est pas
De prime abord tombé si bas
Que celui des peuples sauvages,
Etonnement des peuples sages ;
L'état du sauvage ignorant
Ne se trouve dans nul enfant
Issu de la souche première,
Encor riche de la lumière,
Produit du sein de l'Eternel
Et l'éclairant comme un beau ciel ;
De tout sauvage l'inscience
N'atteste qu'une décadence,
Œuvre des temps sombres, hideux
Où l'homme adora les faux dieux,
Qui s'assombrirent plus encore
Lorsque des pays de l'aurore
L'homme vint en terres lointaines
Où l'attendaient la faim, les peines

(1) Genèse, 4, 21.

Et toi, Musique, où tu devais
Pendant des ans dormir en paix,
Mais l'homme en paix se civilise
Et jamais longtemps ne méprise
Tes sons, tes charmes séducteurs,
Toujours si puissants sur les cœurs,
Et je te vois avec délices
En tête des saintes milices
Affrontant jadis le trépas
Pour la gloire de Jéhovah,
Et puis, pieuse et recueillie,
Secourant toute âme qui prie,
Surtout dans les jours solennels
A l'ombre des divins autels,
Je te vois encor, mais lascive,
Je te retrouve, mais trop vive,
Dans les festins de Balthazar,
Chez tous les rois, amis de l'art,
Et ce serait peine inutile,
Labeur trop long, vraiment futile
D'exhiber tes riches splendeurs
Au milieu des muses, tes sœurs,
Dans l'histoire religieuse
Et dans celle alerte et rieuse
Des peuples nombreux et divers
Vivant au sein de l'univers.
Pour moi, j'aimai tes mélodies
Et cultivai tes harmonies ;
Avec toi longtemps j'ai chanté
De Dieu la haute majesté,
Le mystère de l'indulgence,
Le grand pardon de la clémence,
La Vierge-Mère et son Enfant,
Joyeux, souffrant et triomphant,

La guerre de l'ange rebelle
Luttant contre l'ange fidèle,
Et ses humiliants revers
Et ses tourments dans les enfers,
Et l'ange ami qui nous regarde
Et qui, le jour, la nuit, nous garde,
Et de Joseph, de tous les saints
La vie et les heureux destins,
Et les martyrs et leurs souffrances,
La foi, l'amour, les espérances,
Les tabernacles du Sauveur
Où j'ai trouvé tant de bonheur,
Le mois qui sourit à Marie
Et les splendeurs de la patrie ;
Avec toi du bon pèlerin
Souvent j'égayai le chemin.
Mais tous mes si nombreux cantiques
Déjà sont trouvés trop antiques ;
Aussi, j'aime mieux tes accents
Qu'avec bonheur toujours j'entends
Partout, au sein de la nature,
Sous la charmille et la verdure,
Aux bois, dans les concerts si beaux
Que nous donnent ces mille oiseaux
Chantant Dieu de toute leur âme
Sur tous les tons de toute gamme.
Mieux que mes chants je t'aime aussi
Quand je t'entends, toujours ravi,
Dans nos forêts lorsqu'elles tremblent
Aux souffles des vents qui s'assemblent
Pour exalter le Tout-Puissant
Qui les appelle du néant ;
Ou bien encor quand je t'écoute
A la cascade et dans la goutte

De l'eau tombant du ciel sur l'eau,
Dans le murmure du ruisseau,
Chantant joyeux sa chansonnette
Sur les durs cailloux qu'on lui jette,
Dans nos clochers harmonieux,
Où, quand, dans un jour orageux,
Tu retentis dans le tonnerre
Grondant au loin dans l'atmosphère,
A l'exemple de nos canons
Jetant au loin leurs amples sons.
C'est dire combien je regrette
De voir comment on te rejette,
Comme si l'on voulait ta fin,
De toute école avec dédain.
Est-ce que l'enfant de la France
Mérite cette déchéance
Et serait sans fin condamné,
Au triste sort de tout damné
Dont la voix n'a plus que l'insulte
Pour braver Dieu, troubler son culte ?
Non, le pouvoir mieux avisé
Comprendra qu'il s'est abusé,
Lorsqu'aveuglé par sa colère
Contre l'Eglise notre mère,
Il chassa de l'enseignement
L'art le plus gai, le plus charmant,
L'art qui le plus aide et console
L'enfant que l'étude désole ;
Et s'il a de justes raisons
Pour décréter que des chansons
Seront chansons nationales,
Il voudra que dans ses annales
On trouve le soin qu'il a pris
D'en démontrer le juste prix.

Et d'en rendre le chant facile
Même à l'esprit le plus débile.
Art, des arts le plus enchanteur,
Tu vois, je suis ton protecteur !
Adieu ! merci ! belle musique,
Science charmante et magique !
Puissé-je aux célestes séjours
T'entendre et t'entendre toujours,
Aussi douce et mélodieuse,
Aussi sainte et mystérieuse
Que bien souvent je t'entendis
Dans mes songes de paradis !

LA PHOTOGRAPHIE

Je dis combien j'aimai cette charmante nouvelle venue et pourquoi je dus l'abandonner.

Un jour une inconnue,
Très pauvrement vêtue,
Par un hasard soudain
S'offre sur mon chemin.
Elle allait à la foire
Et malgré sa main noire (1),
Près d'elle on accourait
Tant elle se montrait,
Sous sa charge pesante,
Gentille et séduisante;
D'elle je suis épris,
Je l'aborde et lui dis :

(1) On sait combien le nitrate d'argent, employé dans la photographie, noircit les doigts.

O nouvelle venue,
Que tout chacun salue,
Qui causes tant d'émoi;
Qui donc es-tu, dis-moi ?
— Je suis Photographie,
Au ciel un jour ravie
Par un esprit heureux,
Au vol audacieux;
Aide de la peinture,
Pour saisir la nature
Je n'ai point de rivaux
Et brave tous pinceaux;
Par les soins de Daguerre
J'enferme la lumière
Dans de sombres réduits
D'où sortent des produits
Que partout on admire,
Que tout chacun désire,
Où chacun peut se voir
Mieux que dans un miroir.
— Alors, viens prendre asile
Dans ma maison d'argile
Fille de l'Eternel,
Puisque tu viens du ciel;
Viens, nous vivrons ensemble,
Fort gaîment, ce me semble,
Comme deux bons amis,
Toujours joyeux, toujours unis;
Sans bruit nous saisirons
Nos jolis environs,
Les plus aimés visages
Et de saintes images
Pour orner le salon
De mon humble maison.

— Après ce doux langage,
Chacun des deux s'engage
A vivre constamment
Dans un accord charmant.
Et depuis lors, la belle
M'anima d'un grand zèle
Et j'appris son état
Moyennant un ducat,
Et j'essuyai des larmes
Et je trouvai des charmes
A suivre ses leçons
Sans beaucoup de façons ;
Puis, j'obtins des merveilles
Aux plus belles pareilles ;
Je délirais alors
Et, bien loin au dehors,
Sans orgueil je l'assure,
On parlait de ma cure
Comme d'un atelier
Où, sans me supplier,
On posait sans dépense,
Comme une récompense
De l'excellent vouloir
Qu'on aimait à me voir,
Où, se trouvant sans gêne,
On dérobait sans peine
Quelques jolis portraits
Qui rendaient traits pour traits
Une figure aimée,
Pas trop mal animée,
Sauf à bien rire enfin
De ce joyeux larcin,
Mais trop tôt, la chimie
S'attaquant à ma vie,

Je dus congédier
Ce gracieux métier,
L'âme triste et chagrine,
Déteignant sur ma mine,
Mais non sans le désir
Un jour de revenir
A la belle ouvrière
Qui m'égayait naguère.
Y reviendrai-je? Hélas !
Je cours vers le trépas !

LE FEU

C'est une habitude fort chrétienne d'adresser à Dieu des actions de grâce après chaque repas. On le remercie moins du bienfait du feu sans lequel nos hivers seraient si funestes à nos santés, sans lequel encore nous devrions vivre d'aliments indigestes.

Merci, mon Dieu,
Pour ce bon feu !
Sa vive flamme
Est pour mon âme
Un doux soutien.
O seul vrai bien,
C'est votre image;
C'est le mirage
De votre cœur,
Plein de ferveur,
Qui me ravive
Quand la foi vive
En moi languit
Et dépérit.
Et dans sa cendre
J'aime à comprendre

Ce que je suis,
Ce que je puis ;
Que la poussière
Voila ma mère ;
Que mon néant
Est impuissant,
Mais ma misère
En vous espère,
O Feu divin,
Soir et matin !

LA LAMPE DE LA VEILLÉE

Elle est une chose bien minime en apparence, mais pour laquelle nous devons encore à Dieu mille actions de grâce, puisqu'elle nous tient lieu de soleil dans nos longues soirées d'hiver.

O Lampe charmante,
Des ombres amante,
Tu plais plus aux yeux
Que l'éclat des cieux !
Par tes bons services
Tu fais mes délices
Autant qu'un soleil
Luisant au réveil ;
Avec toi j'ajoute,
Sans trop qu'il m'en coûte
Quelque temps aux jours
Dont finit le cours :
Temps où le silence
Aide la science,
Comme le repos
Aide les travaux.

Tu sais combien j'aime
D'un amour extrême
Tes petits sermons,
Pieuses leçons !
Comme la Sagesse
Qui brille sans cesse
Et joint ses ardeurs
Aux vives splendeurs
Que son sein projette,
Que sa voix répète,
Ta lumière luit
Au sein de la nuit
Et tu te consumes
Dès que tu t'allumes,
En nous redisant
Que c'est en s'usant
Que l'homme peut faire
Un bien salutaire,
Que dirai-je encor ?
Tu prends ton essor,
O petite flamme,
Emule de l'âme,
Où vit l'Eternel,
En haut vers le ciel,
D'où vient à la terre
Ta douce lumière,
Tant pour le chanter
Que pour l'exalter.
Mais il faut à l'homme
Chaque jour son somme ;
Quand je suis lassé
Par un jour passé,
Non pas sans misère,
Dans le ministère,

Ou dans le labeur
D'un horticulteur,
Je te remercie,
Complaisante amie,
Et sans contester,
Sans me résister,
Tu fais place à l'ombre
Qui dans la nuit sombre,
Selon mon désir
M'invite à dormir.

MA TABLE

L'homme a comme un culte pour les objets inanimés dont il s'est longtemps servi, même alors qu'ils n'ont qu'une valeur minime. Ma table, aussi bien que ma lampe, m'ayant servi à écrire toutes mes rêveries poétiques, je lui devais aussi une action de grâce.

Tu sais, chère petite table,
Combien mon cœur te trouve aimable !
Bien que tu manques de décor,
Tu m'as valu mieux qu'un trésor.
Doux souvenir de l'héritage
Que Dieu me légua sans partage,
Essayerai-je de raconter
Ou sur ma lyre de chanter
Tes nombreux états de services
Et la quantité de délices
Dont je m'enivre auprès de toi,
Souvent, humble preux de la foi,
De toi je fis comme une arène
Où ma plume, ainsi qu'une reine,

Louait ses valeureux amis
Ou flagellait ses ennemis.
Pendant des ans tu me vis faire
Mon pieux livre du Rosaire ;
Plus tard, tu vis tous les efforts
Et parfois même les transports
Avec lesquels encor novice
Ma muse, ignorant l'artifice,
Chanta de la Rédemption
Et de la nouvelle Sion
Les plus inscrutables mystères
Et les préceptes salutaires
Et puis la Vierge du Chemin
Toujours si chère au pèlerin ;
Non moins qu'une corde sonore,
Souvent tu résonnes encore
Du bruit des chants religieux
Que je compose, aidé des cieux.
De plus, chaque jour sur ta planche,
Couverte d'une nappe blanche,
Combien de fois on me servit
Le pain sans lequel nul ne vit
Et ce qu'il faut au mercenaire
Pour ne point mourir de misère,
Un peu de chair, un peu de vin,
Un ou deux fruits, la vie enfin !
Mais quand venait un jour de fête,
On te parait, sur ma requête,
Pour honorer amis, parents
De quelques mets plus succulents,
Parfois, pourquoi ne pas le dire ?
Autour de toi j'aimais à rire
Avec quelques amis joyeux
Qui m'aidaient à supporter mieux

Les ennuis dont la vie abonde
Et la douleur souvent profonde
Que tout homme trouve ici-bas
Et dont parfois il semble las ;
De l'amitié goûtant les charmes,
Non, je ne songeais plus aux larmes !
Mais qu'importe ! Ton sort futur
Ne sera pas beau, j'en suis sûr ;
Quand j'aurai quitté ce bas monde,
Tu passeras pour une immonde ;
De toi chacun fera mépris
Ainsi que d'un meuble sans prix,
Tout au plus bon à mettre en cendre :
C'est tout ce que tu peux prétendre !
Mais, pauvre table, que veux-tu ?
De toi tu n'as pas de vertu ;
D'ailleurs je ne suis pas un homme
Couvert de gloire, au loin qu'on nomme ;
Or, tout objet est sans valeur
Lorsque son maître est sans honneur.

AU PRINTEMPS

Adieux à la poésie ! Voici venir le Printemps qui m'appelle à d'autres récréations.

Reviens, ô doux Printemps,
Chasse au loin les autans ;
Ravive la nature,
Aux prés rends leur verdure,
Aux arbres leurs bourgeons,
A l'homme ses chansons,

Au ruisseau son murmure,
Au troupeau sa pâture;
Au soleil sa clarté,
A l'air sa pureté,
Aux mousses violette
Aux gazons pâquerette,
A nos bois et coucous
Dont la voix plaît à tous
Et tendre tourterelle,
A nos toits l'hirondelle,
Aux vergers les pinsons,
La fauvette aux buissons,
Aux guérets l'alouette,
Aux vignes la linette,
Philomèle aux bosquets,
Mille oiseaux aux fourrés,
Et, ce que je préfère
Et qu'avant tout j'espère,
La joie aux laboureurs,
A nos viticulteurs
La force et le courage,
Et le zèle à toute âge
Pour servir le Seigneur
En l'aimant de tout cœur.

TABLE

~~~~~

FIN DE LA TABLE.

www.ingramcontent.com/pod-product-compliance
Lightning Source LLC
Chambersburg PA
CBHW051549280626
47162CB00021B/1641